AF140395

Search
Enter
Love

Ein Roman von Anika Werkmeister

Coverbild:
Coverdisign: Britt Toth
Herstellung und Verlag:
BoD - Books on Demand, Norderstedt
ISBN 978-3-7392-4496-9

Prolog

Meine Freunde sagen ich sei verzweifelt und so langsam habe ich das Gefühl Sie könnten Recht haben. Doch was soll ich bitte tun? Soll ich die Hände in den Schoß legen und warten, bis der richtige Mann an meine Tür klopft? Das kann ich nicht! Ich höre meine innere Uhr ticken, und sie ist nicht gerade leise. Um mich herum scheinen alle glücklich zu sein. Ich fühle mich verloren in deren Mitte. Wenn ich mich mit meinen Freundinnen verabrede, erzählen Sie mir immer und immer wieder wie toll es ist neben »DEM RICHTIGEN« aufzuwachen. Mit ihm Dinge zu erleben, die man sich in seinen kühnsten Träumen nicht hätte ausmalen können. Ich wünschte wirklich, ich könnte mich mit ihnen freuen. Mich in ein Café setzen und nicht hin und her schauen, nach dem richtigen Ausschau halten. Wie schön wäre es, den Kaffee einfach zu genießen und sich nicht wie ein gehetztes Tier zu fühlen. Ich will doch auch nur glücklich sein. Vielleicht haben meine Freunde ja recht, und ich bin depressiv. Meine dunklen Gedanken kann ich, nicht mal mehr vor mir selbst rechtfertigen.

Manchmal glaube ich, es wäre besser, ich wäre nicht hier. Damit meine ich ganz und gar nicht da …

Das Leben nehmen würde ich mir jetzt nicht, dazu bin ich zu feige. Aber an Tagen wie heute denke ich, es wäre besser, meine Eltern hätten sich am Tag meiner Zeugung mit etwas anderem beschäftigt.

Mag sein, dass ich mich anhöre, als wäre ich ein wenig gestört. Wer weiß, vielleicht bin ich das. Wer kann schon mit Sicherheit sagen, dass er normal ist?

Ich versuche niemandem, mit meinen Gefühlen auf die Nerven zu gehen. Allerdings wünsche ich mir manchmal, ich könnte es tun, ohne ein schlechtes Gewissen zu haben.

Ab und an, wenn jemandem in meinem Umfeld etwas Gutes passiert, reagiere ich nicht angemessen. Ich werde sauer, neidisch und missgünstig. Wenn es sichtbar wäre, könnte jeder das kleine grüne Eifersuchtsmonster auf meiner Schulter sehen, das mir erzählt wie ich zu reagieren habe. Gerne würde ich das abstellen, doch wie soll ich das, wo ich bis zum Rand meines Bewusstseins angefüllt bin mit Traurigkeit? Manchmal kann ich nicht anders und gestehe, dass ich gerne verschwinden würde, einfach, wie eine Seifenblase zerplatzen möchte, dann war es das mit mir. Ich bekomme dann immer und immer wieder dasselbe zu hören, »Stell Dich nicht so an. Du wirst Dein Glück schon finden und mit Glück auch den richtigen Mann.«

Ach, wenn das alles doch so einfach wäre.

Was habe ich nicht schon alles unternommen, um den Richtigen zu finden? Wo habe ich ihn nicht schon überall gesucht?

Stunden habe ich im Internet verbracht, mich bei sogenannten seriösen Datingportalen angemeldet. Mit wie vielen habe ich mich getroffen, wie viele nahm ich in der Annahme, es wäre ernst mit nach Hause und ließ sie in mein Bett?

Wozu ich mir all die Stunden im WWW um die Ohren geschlagen habe, weiß ich wirklich nicht. Wobei, wenn Sandra das jetzt gehört hätte, würde sie wieder sagen, ich bin zu naiv für diese Welt. Jeder kann schreiben was er will, auf die Taten kommt es an.

BLA,

BLA,

BLA,

Die Dates ohne Sex waren wundervoll, zugegeben. Ohne Zwang, aber von denen hat sich niemand mehr bei mir gemeldet.

Die anderen Männer waren sehr zuvorkommend, höflich und aufmerksam. Woher in drei Teufelsnamen soll ich denn wissen, dass diese Idioten sich nicht mehr melden, wenn ich erstmal mit ihnen im Bett war?

Stunden habe ich bei Sandra in der Küche verbracht. Ständig habe ich versucht, Ihr zu erklären, wie das mit den Männern ablief. Dass ich immer eine angemessene Zeit abgewartet habe. Okay, ja, ich gebe es zu, ein, zwei Mal ging es gleich zur Sache.

Doch dann war ich in den meisten Fällen auch viel zu lange abstinent und die Kerle nur für das eine gedacht. Immer wenn ich mich bei Sandra ausweinen will, hält sie mir ihren ach so tollen Simon unter die Nase. Nach so einem Mann soll ich Ausschau halten, sagt sie immer, die sind die Besten.

Wo es neurotische Weicheier ja auch an jeder Straßenecke gibt! Und wirklich jeder so einen braucht! Nein danke, wenn dann soll er schon ein wenig interessanter sein!

Langsam habe ich das Gefühl, ich bin zu wählerisch, oder beziehungsuntauglich.

Was ich ganz genau weiß, ich muss aufpassen, dass ich nicht depressiv werde.

Aber ich habe Michael kennengelernt, meinen Traummann, er ist der Mann meines Lebens, das weiß ich ganz genau!

Kapitel 1
(2 Wochen später)

Ich sitze mal wieder bei meiner Freundin Sandra und höre mir ihr endloses Gebabbel, über ihren »ach so tollen« Simon an. Ich versuche wirklich, nicht so negativ zu denken, doch wie stellt man das an, wenn man mit den Nerven so runter ist? Ich kann diese »Simon hat dieses, Simon hat jenes Tour«, echt nicht mehr hören. Simon ist ja so aufmerksam, wie schön für Sie!

Gestern bekam sie wieder einen riesigen Blumenstrauß. Dieser steht mitten auf dem Tisch und zeigt mir ziemlich deutlich, dass die beiden glücklich miteinander sind … heile Zweisamkeit. Ist es denn zuviel verlangt, dass ich genauso glücklich sein will? Entnervt verdrehe ich die Augen, nippe an dem miserablen entkoffeinierten Kaffee und unterdrücke ein Seufzen. Ob ich einfach ohne ein Wort zu sagen aufstehen und gehen kann?

»Nein«, denke ich mir.

»Mach lieber gute Miene zum bösen Spiel.«

»Ich freue mich ja so für Dich. Können wir bitte über etwas anderes sprechen?«

Ich hoffe wirklich, das klingt jetzt nicht so überspitzt, ich fühle mich miserabel.

»Über was denn?« Plappert Sandra weiter.

»Ich habe nichts Neues erlebt. Alles ist wie gehabt. Simon und ich sind glücklich. Ach so, eine Sache gibt es da vielleicht doch noch«,

Sie schlägt die Hände vor dem Mund und wackelt auf ihrem Stuhl hin und her. Sehe ich da etwa eine kleine Träne in ihrem rechten Augenwinkel? Ich bekomme

Panik, dass was Sie mir gleich sagen wird, will ich garantiert nicht hören. Es ist bestimmt die Krönung dieser Supertollen, nicht anzutastenden, nie schlechten, vorbildlichen Beziehung.

»Wir bekommen vielleicht ein Baby«, platzt es aus ihr heraus.

Sie atmet sehr schnell ein und aus, so als wäre sie einen Marathon gelaufen. Ich starre Sie entsetzt an, da hat Sie ja eine Bombe platzen lassen.

Wenn das nichts Neues ist, weiß ich auch nicht.

Wie gut das die Menschen nicht grün vor Neid werden können, sonst würde sie mir ansehen, dass ich neidisch bin. Jetzt starre ich Sie einfach nur weiter an.

Eigentlich will ich mich ja bei Ihr ausweinen, doch jetzt ist es mir vergangen! Ich muss hier weg, auch wenn das garantiert nicht das ist, was Sie von mir erwartet.

»Das freut mich für Dich. Ich geh dann mal«, stammel ich.

»Das ist nicht Dein Ernst oder? Simon ist gleich mit dem Schwangerschaftstest zurück, ich dachte, wir machen den zusammen.«

Mir wird übel, ich bleibe doch nicht hier und lasse mir noch mehr Glück unter die Nase reiben, den Test kann sie schön ohne mich machen.

»Außerdem habe ich gedacht, Du und Simon, Ihr könntet Euch endlich besser kennenlernen! Ihr habt all die Jahre kaum einen Satz miteinander gesprochen.«

»Ach weißt Du, das will ich gar nicht. Ruf mich doch heute Abend einfach an und sag mir bescheid.«

»Joy? Willst mich nur verarschen? Du machst gerade Spaß, habe ich recht? Komm, setz Dich wieder, der

Kaffee wird kalt. Es kann wirklich nicht mehr lange dauern, bis Simon zurück ist.«

Sandra dreht sich von mir weg und setzt sich wieder an den Küchentisch.

Ich denke gar nicht daran, mich wieder zu setzen. Ich will gehen.

»Bis bald.«

Mehr bringe ich nicht heraus, ich spüre einen dicken Kloß im Hals. Ich bin traurig, neidisch und wütend. Gefühlschaos pur.

Sandra springt wieder auf und sieht mich an, ich kann sehen, wie verletzt Sie ist. Doch ich schaffe es nicht, über meinen Schatten zu springen und mich mit Ihr zu freuen.

»Ich kann Dich nicht verstehen. Warum willst Du jetzt gehen? Hast Du etwas gegen Simon? Willst Du nicht wissen, ob unsere Liebe, einen neuen Erdenbürger entstehen lassen hat?«

Allein diese Formulierung lässt mich würgen, wer sagt den heutzutage noch so etwas? Ich kann nicht antworten, alles, was ich jetzt sage, wäre nicht so nett. Klar wird es Zeit, dass die beiden Nachwuchs bekommen. Lange genug sind Sie ja schon zusammen. Drei Jahre, um genau zu sein. Vor knapp zwei Jahren haben Sie geheiratet. Immer und immer wieder höre ich die Geschichte, wie Sie zusammengekommen sind. Andauernd lächel ich und versuche meine Eifersucht nicht zu zeigen. Während Sandra glücklich verliebt durch ihr Leben taumelt, hangel ich mich von Mann zu Mann. Ich denke jedes Mal, das ist er, den werde ich heiraten. Doch jedes Mal werde ich enttäuscht. Jedes Mal liege ich wochenlang in meiner Wohnung und weine mir die Augen aus.

Nur, um mir dann zu schwören, nie wieder auf einen Idioten reinzufallen und voreilig mit ihm im Bett zu landen.

»Ich kann das jetzt nicht ertragen. Ich muss weg und Simon will ich auch nicht besser kennenlernen. Es reicht doch, wenn Ihr glücklich seid und Du es mir bei jedem Treffen unter die Nase reibst.«

Mein Neid ist in Wut umgeschlagen, ich renne aus der Küche, in den Flur und schnappe meine Jacke. Sandra, die hinter mir hergerannt ist, hat mich eingeholt, bevor ich die Haustür erreichen kann.

»Joy bleib sofort stehen! Was soll das heißen, ich reibe Dir Simon unter die Nase?« Keift sie mich an, ihre Stimme ist unnatürlich hoch und tut mir in den Ohren weh.

»Ich dachte, ich könnte meiner besten Freundin anvertrauen, wie glücklich ich bin. Immerhin stehe ich Dir jedes Mal bei, wenn Du wieder einen Deiner blöden Internettypen vergrault hast. Und ich dachte wirklich, Du würdest Dich mit mir freuen, ich bekomme wahrscheinlich ein Baby.«

Sie funkelt mich böse an. Unter normalen Umständen hätte ich mich bestimmt mit Ihr gefreut aber nicht heute.

»Vielen Dank, dass Du mich daran erinnerst, wie verkorkst mein Leben ist. Steck Dir Deinen Simon und das Balg dahin, wo keine Sonne scheint.«

Mir schießen die Tränen in die Augen. Die letzte Enttäuschung liegt gerade mal 2 Tage 6 Stunden und 24 Minuten zurück.

Michael krabbelte mit den Worten: »Danke für den geilen One-Night-Stand«, aus meinem Bett. Ich befreie mich aus ihrem Griff und renne zur Tür hinaus, die

Straße hinunter Richtung Innenstadt. Ich kann die Tränen nur schwer zurückhalten, Sie kann so gemein sein, wenn es nicht nach ihrer Nase geht.

Das kann doch nicht meine beste Freundin sein oder? Ich brauche niemanden, der mir Vorwürfe macht. Ich brauche eine Freundin, die mir in solchen Situationen unter die Arme greift und mit mir shoppen geht. Mehr nicht. Ist das etwa zu viel verlangt? Jetzt ist Sie auch noch schwanger, vor noch gar nicht allzu langer Zeit meinte Sandra noch, dass Sie auf Kinder verzichten kann.

»Kinder schränken einen nur ein, rauben einem die Freiheit, man ist bis an sein Lebensende ans Haus gefesselt und spontan sein geht auch nicht mehr«, äffe ich Sie nach.

An der nächsten Bushaltestelle lasse ich mich auf einen der Sitze fallen und fange hemmungslos zu weinen an. Die Leute, die an mir vorübergehen und mich mit mitleidigen Blicken ansehen, stören mich nicht. Es soll sich bloß keiner wagen, mich jetzt anzusprechen. Als ich mich halbwegs beruhigt habe, stehe ich auf, um nach Hause zu gehen. Meine Hände sind schwarz vom zerlaufenen Mascara, so viel zum Thema »wasserfest.«

Zuhause angekommen werfe ich zuerst einen Blick in den Spiegel. Das Weiße meiner Augen ist rot, meine Wangen mit Mascara verschmiert und meine Haare stehen zu allen Seiten ab.

Wunderbar!

Ich lasse mir erst einmal ein heißes Bad ein. Das wird meine trübe Stimmung bestimmt vertreiben. Ich spare nicht mit dem Badeschaum und gebe reichlich davon ins Wasser.

Meine Klamotten werfe ich achtlos in die Ecke und stelle einen Fuß hinein.

»Aua, aua, aua, aua, aua.«

Schnell ziehe ich ihn wieder heraus, das Wasser ist viel zu heiß. Mein Fuß ist jetzt so rot wie ein gekochter Hummer.

»Okay, dann bade ich eben nicht.«

Ich stelle das Wasser ab, ziehe meinen Bademantel über und gehe ins Bett, kuschel mich unter die Decke und schalte den Fernseher ein. Ich muss schon wieder weinen. Ich habe wirklich gedacht, Michael ist anders. Wir haben so viel miteinander geschrieben und er ist wirklich lieb, nett und zuvorkommend gewesen. Er wusste genau, was er sagen muss, damit ich lächel. Er konnte mich aufbauen, sobald ich, nach einem langen Tag, erschöpft zu Hause ankam. Wir haben in der Kennenlernzeit auch ständig telefoniert. Seine Stimme erinnerte mich immer ein bisschen an den Weihnachtsmann. Den, den meine Eltern, als ich klein war, jedes Jahr engagierten, um mich auszuschimpfen. Weil ich das Jahr über eben nicht lieb und artig gewesen war. Ich bekam jedes Jahr eine Rute von ihm nur um dann, nach dem er gegangen ist, unterm Baum Hunderte von Geschenken zu finden.

Also mal ehrlich; welches Kind bemüht sich dann, im nächsten Jahr artig zu sein, wenn es doch ganz genau weiß, dass es trotzdem Geschenke bekommt?

Michael hat mich noch am selben Tag aus seiner Freundschaftsliste gelöscht. Meine Statusmeldungen im Dateluck (einem neuen Social Network) konnte er nicht mehr lesen, aber das war mir egal. Sollten doch alle wissen, dass ich es wieder vergeigt hatte. Immerhin bekam ich auf meine Statusaktualisierung:

»Das Leben ist scheiße«,

Zweihundertdreißig Kommentare. So viele wie noch nie. Wobei die meisten mich nicht aufbauten, sondern noch mehr kränkten. Kommentare wie,

»Das habe ich dir doch gleich gesagt.«

Oder,

»Selber Schuld wer sucht seinen Traummann schon im Internet.«

Kamen bestimmt dreimal mehr vor wie,

»Oh das tut mir aber leid, lass dich nicht runter ziehen.«

Ungerechte Welt!

Ich beschließe, für heute, in meinem Bett zu bleiben. Hier kann mir nichts passieren. Mein Bett ist meine heile Welt, auch wenn hier schon viele Männer rein und wieder raus gestiegen sind.

Weinend verkrieche ich mich unter der Decke. Ich weiß nicht, wie lange es gedauert hat, bis ich eingeschlafen bin. Doch mir kommt es vor wie eine Ewigkeit.

Als ich aufwache, fühle ich mich, als hätte ich einen ganz schlimmen Kater. Mir tut der Kopf weh und meine Zunge ist unter dem Gaumen wie festgeklebt. Ich strampel die Decke weg und setze mich langsam auf. Dabei möglichst nicht den Kopf zu bewegen ist ein echt anstrengendes Unterfangen. Die Kopfschmerzen habe ich mir, nachdem was ich mir gestern geleistet habe, wirklich verdient. Langsam tapse ich in die Küche und trinke die Wasserflasche, die seit drei Tagen, offen, auf der Arbeitsplatte steht, in einem zug leer. Wo habe ich nur wieder die Kopfschmerztabletten hingelegt?

Hektisch suche ich die Küche mit den Augen ab. Eigentlich stelle ich meine Medikamente immer auf die Dunstabzugshaube. Doch da steht, wie sollte es auch anders sein, nichts. Ich hasse mein Leben. Ich gehe zur Toilette und dann wieder zurück in mein Bett. Die Welt kann mir auch heute gestohlen bleiben. Auf einen schönen Sonntag proste ich mir in Gedanken zu.

Morgen muss ich mich wieder aufraffen und zur Arbeit gehen, dort all die fröhlichen Menschen ertragen.

Ich arbeite in einer Bäckerei als Verkäuferin. Es ist nicht der tollste Job der Welt, aber ich verdiene genug Geld, um über die Runden zu kommen.

Der Sonntag vergeht viel zu schnell. Bevor ich mich versehe, ist es Zeit, zu schlafen, nur das Ich nicht müde bin. Schließlich habe ich den ganzen Tag nichts anderes getan. Ich bin nur aufgestanden, um etwas zu essen und auf die Toilette zu gehen. Im Fernsehen lief den Tag über nichts, was mich vom Grübeln abgehalten hätte. Ich habe mal wieder einen meiner »guten« Vorsätze gefasst:

»NIE WIEDER EINEN TYPEN AUS DEM DATELUCK.«

Für den schnellen Sex bin ich nicht mehr zu haben, jetzt muss ich mich nur noch daran halten.

Am nächsten Morgen stehe ich wie immer um sieben Uhr auf, gehe duschen und ziehe meine Arbeitssachen an. Es sind immer dieselben Klamotten, Bluejeans und das orange T-Shirt mit dem Logo unserer Bäckerei. Das Namensschild ist wie immer schon daran befestigt. Um kurz vor acht Uhr mache ich mich auf den Weg. Ich brauche zur Arbeit nur fünf Minuten. Draußen ist es kalt, der Frühling steht noch nicht in den Startlöchern, obwohl wir Anfang März haben. Ich ziehe die Jacke enger um mich und beeile mich noch etwas mehr. Die Straßen sind verlassen, ich mag es, wenn die Stadt noch friedlich schläft. Wenn dann die ersten Geschäfte öffnen und die Menschen wie Ameisen durch die Gassen laufen, und das Summen der Stimmen ähnlich klingt wie die Bienen im Bienenstock, weiß ich, dass ich genau da bin, wo das Leben tobt. Mittendrin, einer von ihnen und doch unfähig mich anzupassen.

In der Bäckerei angekommen gehe ich nach hinten in die Backstube, lege meine Jacke ab und binde mir die Schürze um. Elisa, meine Kollegin, grinst mich verschmitzt an.

»Na, am Wochenende noch Spaß gehabt? Du wolltest doch ausgehen.«

»Ich war nicht aus. Ich habe mich mit Sandra getroffen, und mehr möchte ich dazu nicht sagen! Du brauchst auch gar nicht so zu grinsen. Es ist mir egal, was du denkst.«

Ich weiß, was Sie denkt, sie glaubt, ich hatte wieder eins meiner, wie Sie es nennt, rein - raus - Dates.

»Schon gut, schon gut. Kein Grund launisch zu werden.«

Ob es etwas nutzt, wenn ich ihr erkläre, dass ich nicht zickig bin? Ich bin am Boden zerstört, traurig und unzufrieden mit mir uns der Welt. Wo ist denn meine große Liebe? Die einzig Wahre, die, die mir den Atem raubt?

Ich sehe mich in unserem kleinen Laden um, die fünf Tische sind alle besetzt. Wenn das Wetter besser wird, werden wir auch die Terrasse wieder eröffnen. Wie ich so da stehe und auf Kundschaft warte, sehe ich mir unsere Gäste etwas genauer an, das Pärchen hinten in der Ecke sieht sich verliebt an und hält Händchen. Das Haar des Mannes ist bereits ergraut. Die Augen sind von tiefen Lachfältchen umrandet und die Wangen eingefallen. Man erkennt die Liebe zu seiner Frau sofort. Sie ist etwas rundlicher, hat ebenfalls Fältchen um die Augen, doch die Wangen sind voll und rosig, voller Zärtlichkeit betrachtet Sie das Antlitz ihres Mannes. In einer fließenden Bewegung greift sie über den Tisch, nach der Hand ihres Partners und streichelt zärtlich darüber.

Das ist genau das, was ich will, glücklich sein bis ans Ende meiner Tage. Genauso muss das Aussehen, graue Haare, die Schönheit ist längst vergangen, aber geliebt werde ich immer noch. Nicht weil ich mal schön war, nein, wegen dem, was in mir ist. Ich will auch, dass mich jemand nach Jahren noch mit solcher Intensität ansieht, will, dass die Liebe zwischen uns spürbar ist. Aber habe ich, da überhaupt etwas in mir, das liebenswert ist? Ich bin mir nicht mehr so sicher!

Jäh werde ich aus meinen Grübeleien gerissen.

»Entschuldigung, ich würde gerne bestellen«, verwirrt sehe ich den Gast vorm Tresen an. Ich habe nicht bemerkt, dass er hereingekommen ist.

»Ja natürlich. Entschuldigen Sie bitte, was darf es denn sein?«

»Ich nehme das kleine Frühstück, allerdings mit einer großen Becher Kaffee und dazu etwas Obst. Vielen Dank.«

»Das macht dann 5,90 Euro.«

Er gibt mir sechs Euro und lächelt,

»Behalten Sie den Rest.«

Unentschlossen sieht der Gast sich um, etwas ratlos schaut er wieder zu mir. Ich zucke nur mit den

Schultern, ich kann ihm keinen freien Platz verschaffen. Ich zeige ihm, dass ich daran nichts ändern kann. Zielstrebig geht er auf eine allein sitzende junge Frau zu und spricht sie an. Sie lächelt und schiebt einen der Stühle zurück, sodass er sich zu ihr setzen kann.

Elisa hat während dessen das Frühstück angerichtet und drückt mir, als ich mich zu ihr umdrehe, das Tablett in die Hand. Energisch schüttel ich den Kopf.

»Muss das wirklich sein? Kannst du ihm das Frühstück nicht bringen?«

»Nein, sieh zu, dass du deinen knochigen Hintern zu ihm rüber schwingst. Ich habe doch bemerkt, wie er dich angesehen hat.«

»Wie hat er denn geguckt?« Frage ich verwirrt. Und warum will Elisa mich immer verkuppeln?

Ohne weitere Erklärung werde ich von ihr, etwas unsanft, hinter der Theke vorgeschoben.

»Bitte, ihr Frühstück, guten Appetit«, beeile ich mich zu sagen und gehe wieder zu Elisa zurück. Sie grinst immer noch wie ein Honigkuchenpferd, was mich langsam echt sauer macht. Sie kann doch nicht von mir erwarten das ich, nur weil Sie verheiratet ist, ihre Vorstellungen vom Flirten und schmutzigen Sex auslebe!

Außerdem will ich mir gar nicht vorstellen, was Sie mit den Informationen, die Sie öfter aus mir rauskitzelt, macht! Denkt sie an meine Männer, während Sie mit ihrem zusammen ist? Unwillkürlich muss ich mich schütteln, diese Gedanken gefallen mir nicht. Ich muss dringend besser aufpassen, was ich erzähle. Schnell beschäftige ich mich mit etwas anderem und sortiere ein paar Brote in die Regale. Den Blick meiner

Kollegin spüre ich trotzdem noch im Rücken. Als sich der nette, männliche Gast verabschiedet, erröte ich ein wenig. Elisa hat es tatsächlich geschafft, mir einen kleinen Floh ins Ohr zu setzten.

Der Rest des Tages verläuft sehr ruhig, offenbar haben die Leute, Besseres zu tun, als Brot und Brötchen zu kaufen.

Erfolgreich verkrieche ich mich in der Backstube und putze, was das Zeug hält, nur um nicht wieder von Elisa mit Beschlag belegt zu werden.

Als es endlich achtzehn Uhr ist, gehe ich nach Hause, ich sehne mich nach einem heißen Bad, meinem Laptop und einem guten Film, auch wenn ich wieder nicht viel mitbekommen werde. Chatten steht für mich ganz oben auf der Liste. Es ist meine liebste Freizeitbeschäftigung, das bestätigt auch eine neue App, ich habe mich in nur sechs Monaten 9845-mal eingeloggt. Eindeutig zu viel aber wo bitte soll ich sonst neue Menschen kennenlernen? Normalerweise bin ich sehr schüchtern.

In den ersten dreißig Minuten bekomme ich vom Film noch alles mit, es ist niemand mit dem ich schreiben möchte ist online.

Ich starre die ganze Zeit auf die Startseite und Aktuallisiere alle paar Minuten, doch es tut sich nichts. Wo sind nur alle? Habe ich etwas verpasst? Fieberhaft überlege ich, ob heute ein Event ansteht, aber mir will nichts einfallen.

Nach und nach kommen meine Internet Freunde und Freundinnen doch online. Allerdings scheint es niemanden zu interessieren, dass ich da bin. Es schreibt mir niemand. Okay, es kann sich ja auch nicht immer alles um mich drehen. Ich sollte den Laptop zu klappen und etwas trinken gehen. Mich ablenken und nicht auf eine Seite starren von der ich mir geschworen habe sie nicht mehr zu besuchen. Gibt es eine Krankheit, die beschreibt, was ich gerade mache? Ich könnte eine Suchmaschine befragen, aber ich habe keine Ambitionen. Eigentlich will ich nur eins, Chatten! Nach dreißig Minuten ändert sich etwas, ich schaue auf die Bilder, der Leute, die im Netz sind. Ein neues Bild hat sich dazwischen gemogelt.

»Was ist das denn für ein Schnuckelchen?«, frage ich laut.

»Den muss ich mir genauer ansehen!«

Ich klicke mich zu seinem Profil durch und lasse meinen Blick kurz über ein paar Bilder schweifen. Sein Name ist Samuel Littig, aber mir will beim besten Willen nicht einfallen, woher ich ihn kenne. Natürlich ist es nichts ungewöhnliches mit Leuten befreundet zu sein, die man nicht persönlich kennt. Allerdings habe ich in meiner Liste nur Leute, mit denen ich ein paar Mal geschrieben habe oder die mir im Chat aufgefallen sind.

Jetzt habe ich eine Aufgabe, ich muss herausfinden, wie er in meine Liste gekommen ist. Vielleicht habe ich ihn ja hinzugefügt, als ich vor ein paar Wochen betrunken in Internet herumgeistert bin. Ich klicke auf den Chat und schreibe:

„Hi mein Name ist Joy, entschuldige bitte, aber ich kann mich nicht erinnern, wer du bist, oder warum wir befreundet sind. Kannst du dich noch erinnern, habe ich dir eine Freundschaftsanfrage geschickt?"

Nach dem ich die Nachricht abgeschickt habe warte ich gespannt auf Antwort. Meine Laune ist schlagartig so gut wie lange nicht mehr.

Doch es dauert eine gefühlte Ewigkeit, bis er antwortet, also kehre ich zu seinem Profil zurück und sehe mir seine Bilder etwas genauer an.

Als ich das erste Bild anklicke, öffnet sich das Chatfenster und verdeckt die Bilder. Ich sehe die Nachricht, die ich ihm geschickt habe und ein einzelnes Einfaches,

»Hi«

Mehr nicht, entweder schreibt er sehr, sehr langsam oder er weiß nicht, was er antworten soll. »Dann sind wir ja schon zu zweit«, denke ich.

Unschlüssig liegen meine Finger auf der Tastatur. Ich antworte genauso kurz,

»Hi, und?«

»Ich habe keine Ahnung, wie wir zueinandergefunden haben! Aber ich würde, sagen es gibt wirklich Schlimmeres!«

Fast kann ich hinter den Worten ein Lächeln erkennen.

»Wie meinst du das?«

Flirtet der etwa mit mir?

»Naja deine Bilder sind hübsch, wo kommst du her?«

Ja, er versucht zu flirten, nicht sehr geschickt aber das ist jetzt nicht so wichtig.

»Danke, ich komme aus Hameln, sagt dir das etwas?«

»Ja natürlich, ich wohne in Aerzen. Ich bin jeden Tag in Hameln. Ich arbeite in dem Koloss in der Innenstadt.«

Damit meint er das neue Einkaufszentrum, das sich so gar nicht in das alte Stadtbild einfügen mag. Es gibt einige die sagen, das Hameln sich damit keinen Gefallen getan hat. Der Charme der Fachwerkhäuser mit seinen kleinen gemütlichen Läden ist gestorben. Immer leerer wird es. Es gibt kaum ein Geschäft, das sich halten kann.

»Interessant, ich wohne nur fünf Minuten von dort. In welchem der Läden arbeitest du denn?«

»Im Supermarkt.«

»Kassierer?«

Oh bitte nicht, bitte hab keinen so langweiligen Job!

»Nein, wäre ja noch schöner, ich stehe hinter der Schlachertheke.«

Überrascht runzel ich die Stirn, ich gehe fast täglich in dem Supermarkt einkaufen und auch am Schlachter vorbei, ein gut gebauter Mann ist mir dort aber noch nie aufgefallen.

Nicht dass ich gerade dort attraktive Männer vermuten würde. Schlachter sind in meiner Vorstellung groß, breitschultrig und tragen immer, einen immensen Bauch, mit sich herum.

Ich überlege, ihm genau das zu schreiben, zögere dann aber doch. Ich muss mir zuerst seine Bilder genauer ansehen, bevor ich mit meinem Vorurteil um die Ecke komme.

Als ich seine Galerie erneut öffne, falle ich vor Überraschung fast vom Sofa.

Er hat viele oben ohne Bilder eingestellt und ich sehe nicht den Hauch eines Bauchansatzes. Ganz im Gegenteil. Er hat ein nicht zu sehr ausgeprägtes Sixpack. Die Oberarme sind kräftig und die Brust glatt rasiert. Die kleine Haarlinie, die zu seinem Schambereich führt, ist gestutzt. Genauso mag ich es am liebsten!

Er trägt auf jedem Bild nur eine Jeans, macht aber unterschiedliche Posen. Ein leises PLING erinnert mich daran, dass ich noch mitten in der Unterhaltung stecke. Ich öffne das Chatfenster erneut.

»Magst du nicht mehr mit mir schreiben? Oder habe ich dich zu Tode gelangweilt?«

Mit vor Scham geröteten Wangen antworte ich ihm. Ich kann nicht anders, ich muss daran denken, wie meine Hände sanft über seinen Oberkörper streichen.

»Nein ich habe mir gerade Deine Bilder angesehen.«

»Und?«

Jetzt werde ich sogar noch ein bisschen röter.

»Schick, sehr schick!«

»Freut mich, dass sie dir gefallen.«

Ich versuche, alles auf eine Karte zu setzen. Wie wohl sein Gesicht aussieht? Bei so einem Körper kann ich mir nicht vorstellen, dass er hässlich ist.

»Ein Foto vom Gesicht wäre auch nicht schlecht.«

Ich versehe den Satz noch mit einem Zwinkern und hoffe, er versteht den Wink mit dem Zaunpfahl.

»Bist du Single?«

Ich frage mich, ob er meine Nachricht überlesen hat oder ob er sie einfach ignoriert. Trotzdem gebe ich mich weiter dem kleinen Frage und Antwort - Spiel hin.

»Ja, und du?«

»Ich auch!«

»Was hältst du von einem Date?«

Die Frage nach seinem Gesicht hat er geschickt umgangen, ich hingegen fühle mich ertappt. Ich kann doch nicht meinen frisch gefassten Vorsatz nach so kurzer Zeit schon wieder über Bord werfen. Nachdenklich stehe ich auf und laufe im Wohnzimmer auf und ab. Er hat einen Traumkörper, zu so einem Schnuckelchen kann ich doch nicht nein sagen. Außerdem hat keiner gesagt, dass ich gleich mit ihm ins Bett springen muss! Date ja, Sex nein! So geht es auch, genau! Ich lasse mich wieder auf das Sofa fallen und schreibe ihm. Ohne es zu wollen, grinse ich wie ein Honigkuchenpferd.

»Gerne, wann und wo?«

»Morgen Abend, wir gehen essen und Cocktails trinken. Ich kenne einen ganz tollen Laden, der gar nicht weit weg von dir sein dürfte.«

»Ich weiß, welchen du meinst. Das Moquito.«

Ich hoffe, der macht nicht auch noch irgendwann zu. Wo soll ich dann nur meine Cocktails trinken?

»Ja genau den meine ich um 20 Uhr? Dann kommen wir pünktlich zur Happy Hour.«

»Okay einverstanden. Wie erkenne ich dich denn? Ich habe dein Gesicht noch gar nicht gesehen.«

Noch ein Versuch kann nicht schaden, doch auch den übergeht er einfach in dem er mir schreibt:

»Ich werde dich erkennen, bleib einfach vor der Tür stehen.«

Auch wenn ich wieder gescheitert bin, ich freue mich auf das Date mit ihm. Wer würde sich nicht freuen, wenn er ein Date mit so einem „Körper" hat?

Ich versuche mir vorzustellen, wie der Rest von ihm wohl aussehen mochte, ich stelle mir volles braunes Haar vor, eventuell lockig, Grübchen neben einem schön geschwungenen Mund und einem Lächeln, das einem das Blut zum Kochen bringt. Ein wohliger Schauer läuft mir über den Rücken. Ich schreibe ihm zum Abschied.

»Okay, dann sehen wir uns morgen Abend. Bis dann.«

»Bis dann!«

»Musst du morgen Arbeiten?«

»Ja.«

Perfekt, dann kann ich morgen Nachmittag, die Fleischtheke auskundschaften.

»Okay, dann geh ich jetzt schlafen, gute Nacht Samuel.«

»Gute Nacht Joy.«

Zufrieden mit mir und der Welt schalte ich den Laptop aus, klappe ihn zu und gehe ins Bett. Ich kuschel mich in meine Kissen, mit einem Lächeln auf den Lippen, schlafe ich fast sofort ein.

Der Morgen beginnt wie immer, Laptop hochfahren, Kaffee kochen, auf die Toilette gehen, Haare kämmen, Mund ausspülen, Kaffee nehmen und nachsehen, wer online ist und was über Nacht gepostet wurde. Sandra ist online, ob ich Sie anschreiben und mich entschuldigen soll? Ich trinke einen Schluck von meinem Kaffee, ziehe die Beine unter den Hintern, stelle die Tasse beiseite und klickte Ihr Bild an. Als sich das Chatfenster öffnet, kann ich die letzten Zeilen unserer Unterhaltung lesen.

»Ich freue mich auf Dich Joy, schön, dass wir uns endlich wieder sehen.«

»Ich freue mich auch.«

Ich hatte mich wirklich gefreut, das muss ich zugeben, ich stelle mir nur allzu gerne vor, dass Sie wie ich Single ist und kein Simon an Ihrem Rockzipfel hängt.

Ich schaue auf die Uhr, in zehn Minuten muss ich aus dem Haus. Genug Zeit eine Entschuldigung zu formulieren.

Ich fange an zu schreiben:

»Guten Morgen süße, ich weiß ich habe mich unmöglich benommen, meinst du, du kannst mir noch mal verzeihen? Wenn du wirklich schwanger bist, werde ich dir, so gut es geht unter die Arme greifen. Während der Schwangerschaft und danach. Ich bin so doof ,ich weiß! Aber ich bin so neidisch! Du hast so ein tolles Leben, einen Mann, der dich liebt, einen tollen Job, ein Haus mit Garten und jetzt bekommst du noch ein Baby. Ich komme mir so verloren vor in der Welt, ich glaube, für mich gibt es da draußen keinen Mann. Ich werde als alte Jungfer sterben.«

Mein Herz schlägt bis zum Hals, ob Sie die Entschuldigung annimmt?

Ich schaue hoch und sehe das ich nur noch zwei Minuten habe, bevor ich los muss.

»Ich muss zur Arbeit ich, hoffe wirklich, du nimmst die Entschuldigung an! Gruß und Kuss bis bald.«

Ich stürze ins Bad und putze mir in Rekordzeit die Zähne. Gerade noch rechtzeitig renne ich zur Tür hinaus.

Mit hochrotem Kopf komme ich in der Bäckerei an. Ich bekomme kaum noch Luft.

»Tut … mir … leid … bin … ich … zu … spät?« Japse ich.

»Nein bist du nicht, du kommst genau richtig.«
In dem Moment höre ich es auch, die Glocken läuten und verkünden, dass es Punkt acht Uhr ist. Unsere Bäckerei liegt genau gegenüber des Hochzeitshauses. Ich versuche meinen Herzschlag unter Kontrolle zu bringen, und ruhig zu atmen.
Marie meine liebste Kollegin sieht mich fragend an und schickt mich in den Waschraum.
Wenn wir nachher etwas Zeit haben, und im Laden nicht so viel los ist, muss ich ihr unbedingt von Samuel erzählen. Maria ist wie ich Single und im Gegensatz zu Sandra versteht sie nur zu gut, was in mir vorgeht. Letztes Jahr im Sommer waren wir das erste Mal zusammen aus. Leider gibt es ein Problem, wir stehen auf denselben Typ Mann und so kommen wir uns ständig in die Quere. Die Open Air Disco, die wir besuchten wurde zum Fiasko. Seid dem, sind wir nicht mehr zusammen ausgegangen. Noch heute werde ich wütend, wenn ich an den Abend denke. Ich hatte Elias schon von weiten gesehen und so blöd, wie ich war, machte ich Marie auf ihn aufmerksam. Sie schaffte es, in nicht mal fünf Minuten, ihn für sich zu begeistern. Schneller als ich gucken konnte, waren die beiden hinter der Bühne verschwunden. Ich schüttel den Kopf, um die Gedanken zu verdrängen.
Als ich aus dem Waschraum komme, wartet Sie auf mich, das ist meine Chance Sie zu überreden die Schicht allein zu machen. Ich öffne gerade den Mund um Sie zu fragen, als „der Kunde" den Laden betritt. Er

bestellt dasselbe, wie immer, schlendert, zum Tisch und wartet, dass eine von uns ihm das Frühstück bringt. Ich sehe, wie Marie die Schultern strafft und sich eifrig daran macht, seine Wünsche zu erfüllen. Mit einem verführerischen Lächeln auf den Lippen bringt sie ihm sein Frühstück an den Tisch.

»Der ist so süß! Wenn ich nicht so ein Schisser wäre, würde ich ihn doch glatt um ein Date bitten! Ich meine, eigentlich ist er ja nicht mein Typ, ich stehe eher auf … Ach was erzähl ich dir das? Du weißt das ja auch so.« Marie grinst von einem Ohr zum anderen, ich kann nicht anders, ich muss sie jetzt fragen. Eine bessere Gelegenheit wird sich mir nicht bieten.

»Marie?« Ich versuche, meine Stimme beiläufig klingen zu lassen.

»Meinst du, du schaffst das heute auch ohne mich? Ich habe ein Date, und ich möchte noch zum Friseur, zur Maniküre und ich brauch noch etwas zum Anziehen.« Marie runzelt die Stirn und verschränkt die Arme vor der Brust, mir schwant nichts Gutes, als Sie anfängt zu sprechen, bekomme ich eine Gänsehaut vor Aufregung.

»Soso, du hast ein Date und deswegen soll ich alleine arbeiten? Ich glaub ich spinne«, ihre Stimme klingt eiskalt. Mir richten sich die Nackenhaare auf. Aus meinem geplanten Schönheitsprogramm wird wohl nichts.

»Bitte, bitte, ich mach es auch wieder gut«, bettel ich. Ich kann ihr nicht ansehen, ob Sie mich gehen lässt, sie sieht mich immer noch durchdringend an.

»Also ich weiß ja nicht. Wo hast du den Kerl denn jetzt schon wieder her?«

Ich fühle, wie meinen Wangen anfangen zu glühen.

»Dateluck«, antworte ich etwas kleinlaut.

Maries Miene verfinstert sich, ihre Augen werden zu schlitzen.

»Das ist nicht dein Ernst oder? Schon wieder Dateluck? Schon wieder ein Date mit einem Kerl, den du kaum kennst?«

Ich will mich gerade verteidigen, als ich sehe, dass ein lächeln ihre Lippen umspielt.

»Los hau ab! Ich schaffe das schon alleine.«

Ich muss mich zusammenreißen, dass ich nicht laut zu kreischen anfange. Ich stürze auf Sie zu und nehme Sie in den Arm.

»Danke, danke, danke, du bist die Beste, ich mach es wieder gut.«

Mit diesen Worten drücke ich ihr noch ein Küsschen auf die Wange, renne in die Backstube, lege die Schürze ab, nehme meine Handtasche und will zur Tür hinaus rennen.

»Warte mal«, ruft Marie mir nach. Sie winkt mich zurück zu sich.

»Bitte sag mir nicht, du hast es dir anders überlegt!«

»Nein, keine Angst, ich habe ein paar Tipps für dich.«

»Tipps? Ist das dein Ernst? Meinst du nicht, ich weiß was ich zu tun habe?«

»Doch das weißt du mit Sicherheit. Allerdings würde ich dir raten den schwarzen Overall anzuziehen und dazu die schwarzen Sandalen.«

»Willst du, dass ich erfriere?«

»Ach quatsch, wenn du noch eine Jacke drüber ziehst, wie bei dem Konzert damals, dann frierst du schon nicht.«

»Daran kannst du dich noch erinnern? Ich weiß nur noch das du dir meinen Kerl geschnappt hast.«

Schelmisch zwinker ich ihr zu.

»Oh, bitte nicht schon wieder die alte Leier!«

Marie verdreht gespielt die Augen.

»Ich hör ja schon auf! Aber die Idee ist gar nicht so schlecht. Danke schön, noch was?«

»Nein du bist entlassen.«

Sie grinst mich frech an und schlägt mir spielerisch auf den Po. Als meine Hand auf der Türklinke liegt, ruft sie mir noch hinter her:

»Morgen, nach der Arbeit, bekomme ich dann einen Bericht. Du kannst also ruhig die Nacht durchmachen, ich übernehme auch deine nächste Schicht.«

»Weißt du eigentlich, dass ich dich sehr gerne habe?«

»Geh endlich, sonst überlege ich es mir doch noch anders.«

»Nein bloß nicht«, rufe ich und stürme hinaus.

Kapitel 2

Mein erster Gang führt mich zum Friseur, meine Haare haben eine Veränderung dringend nötig.

Ich schaue durchs Fenster und sehe, das der Laden fast aus allen Nähten platzt, alle Friseurinnen sind beschäftigt und auch alle anderen Stühle sind besetzt. Ich gehe trotzdem hinein, fragen kostet schließlich nichts.

Ich warte eine gefühlte Ewigkeit, bis eine von ihnen zu mir an den Tresen kommt. Sie grinst mich fröhlich an, doch bevor ich etwas sagen kann, erzählt sie mir: »Es tut mir leid, aber wir haben heute absolut keinen Termin mehr frei. Ich könnte sie aber für Montag Nachmittag eintragen! Was halten Sie davon?«

»Nein das ist mir zu spät«, winke ich ab und gehe wieder.

Wie gut das es in Hameln Friseure gibt wie Sand am Meer. Ich gehe die Bäckerstraße hinunter zum nächsten Laden. Doch da bietet sich mir dasselbe Bild. Ich habe keine Lust den ganzen Nachmittag mit suchen zu verbringen und verwerfe den Plan, meine Haare professionell richten zu lassen. Ich kann mir die Haare zwar nicht selbst schneiden aber waschen und Föhnen. Ich gehe in die nächste Drogerie und kaufe eine Färbung, neues Shampoo und zwei verschiedene Haarkuren. Das sollte reichen, damit ich nicht mehr aussehe wie ein Mopp.

Ich sehe auf die Uhr, es ist nach elf, genug Zeit alles ins Reine zu bringen. Ich renne nach Hause, nehme die Post aus dem Briefkasten, stürze die Treppen hoch und komme außer Atem oben an. Meine Hände zittern vor Aufregung, als ich den Schlüssel ins Schloss stecken will. Mit meinen Gedanken bin ich schon bei meinem Date.

Als ich es endlich geschafft habe, die Tür zu öffnen werfe ich meine Handtasche, die Post und den Schlüssel achtlos auf die Kommode. Ich will zuerst Baden, denn die Haare dauern am längsten.

Eigentlich gehöre ich nicht zu den Frauen, die ewig brauchen, um sich zurechtzumachen. Ich habe bis jetzt immer das angezogen, was mir gefallen hat.

Mit Make-up und dem ganzen anderen „Weiberkram" habe ich bis jetzt immer gespart, wo es nur ging. Heute Nacht allerdings habe ich geträumt das Samuel, der ist, auf den ich mein Leben lang schon warte. Und wenn ich schon nicht für ihn all meine Vorurteile über Bord werfe, für wen denn dann?

»Vielleicht sollte ich zuerst die Haare färben, dann baden und die ganzen Haarkuren machen«, überlege ich laut.

Oder lasse ich das Färben sein? Nachher stinken die Haare nach der Färbung und ich verscheuche Simon. Verzweifelt stampfe ich auf den Boden, das ist so gemein, was mache ich denn jetzt? „DATELUCK!" Rufe ich.

Ich setze mich in die Küche und fahre den Laptop hoch, ungeduldig tippe ich mit den Fingern auf meinen Tisch, geht das nicht etwas schneller?

Einloggen und posten, dauert im Gegensatz dazu nur halb solange, ich schreibe:

»Leute ich brauche ganz dringend eure Hilfe, ich habe heute Abend ein Date und meine Haare sehen aus wie ein Mopp! Ich habe mir eine Haarfärbung, neues Shampoo und zwei verschiedene Kuren besorgt. Jetzt bin ich unschlüssig, Haare färben oder lieber nicht? Stinken die nicht dann den ganzen Abend?«

Ich koche mir einen Cappuccino, um mir die Wartezeit zu versüßen. Doch es passiert nichts. Niemand kommentiert, egal wie oft ich die Seite aktualisiere. Tolle Freunde habe ich da!

Pah Freunde! Wenn es hochkommt, kenne ich vielleicht gerade mal zwanzig davon wirklich. Die anderen sind zusammengesucht und verdienen den Ausdruck „Freund" nicht.

Wütend klappe ich den Laptop zu und lasse mir Badewasser ein.

Meine Klamotten werfe ich zu den anderen in die Ecke. Der Berg wackelt mittlerweile beachtlich, ich muss wohl mal wieder Wäsche waschen!

Nach dem ich mich ein paar Minuten entspannt habe tauche ich komplett in das warme Wasser ein und warte, dass mir die Luft ausgeht. Laut prustend tauche ich nach nicht mal dreißig Sekunden wieder auf. Vielleicht sollte ich öfter Sport treiben, um meine Ausdauer zu trainieren. Meinem Hintern tut das bestimmt gut. Ich nehme das neue Shampoo in die Hand und lese mir die Gebrauchsanleitung durch, auch wenn es albern ist, was sollte bei diesem Produkt anders sein als bei allen anderen? Trotzdem, sicher ist sicher, nicht das meine Haare hinterher grün sind. Wie nicht anders zu erwarten, ist es dasselbe wie immer, einmassieren, ausspülen, fertig.

Ich massiere die erste Kur ins Haar und nehme mein Quietscheentchen, um mir die Langeweile zu vertreiben, zur Hand. Ich lasse es im Wasser auf und ab gleiten, erzeuge Wellen und sehe dem Entchen dabei zu, wie es kentert. Wie lange können Enten eigentlich die Luft anhalten? Ich weiß es nicht, mein Entchen schwimmt jetzt verkehrt herum auf der Wasseroberfläche. Ich schnipse es an und befördere es so zu meinen Füßen. Meine Zehen umschließen einen Flügel, ziehen es aus dem Wasser und retten es so vor dem Ertrinken. Ich gebe es zu, ich bin ein Kindskopf und finde es gut. Jetzt kann ich die Kur auswaschen und bereits unter Wasser merke ich das meine Haare sich toll anfühlen, Sie sind weich und seidig.

Die zweite Kur brauche ich nicht und so seife ich mich mit meinem Luffaschwamm ab und steige dann aus der Badewanne. In mein riesiges Badetuch gewickelt gehe ich zurück zu meinem Laptop. Es hat immer noch keiner geantwortet.

»Dann eben nicht! Danke für gar nichts«, schreie ich den Bildschirm an.

Mein Gesicht spannt, ich reibe mir über die Stirn und ein Hautfetzen Schauer rieselte auf meinen Küchentisch. Erschrocken sehe ich mir die vielen kleinen Schuppen an, ich brauchte ein Peeling. Zurück im Bad durchsuche ich sämtliche Schränke und Regale. Ich weiß genau, dass ich mir vor ein paar Wochen eins gekauft habe. Nur wo habe ich es hingestellt? Ich und mein Chaos, das muss sich unbedingt ändern. Im letzten Regal, ganz hinten, steht das Orangen Peeling. Ich reibe es mit dem dazugehörigen Schwämmchen, das mich an einen Silikonpinsel erinnert, aufs Gesicht und versuche keine Stelle auszulassen. Nachdem es einige Minuten eingeweicht ist, wasche ich alles ab und fühle mich besser. Ich werfe noch einen Blick auf die Uhr, es ist mittlerweile früher Nachmittag, wo ist die Zeit geblieben? Ich habe noch so viel zu tun, Nägel feilen, Haare hochstecken, schminken, den Overall suchen und mich anziehen. Ich muss mich beeilen, alleine für meine Nägel werde ich ewig brauchen. Als ich noch überlege, was ich als Nächstes von meiner Liste abhaken möchte, wird mir heiß und kalt. Wo habe ich denn den Overall hingeräumt? War er im Schrank oder habe ich ihn schon zu den Altkleidern getan?

Als ich vor meinem Schrank stehe, muss ich mir eingestehen, dass ich wohl doch einen Tick habe, Klamotten, mein Schrank quillt über. Alle Regale sind bis oben hin vollgestopft. Die Kleiderstange biegt sich unter der Last der Kleider durch. Hilflos suche ich alles ab, hebe Tops hoch, schiebe Pullover beiseite, drücke Hosen hinunter um in die hinterste Reihe sehen zu können, doch ich kann den schwarzen Overall nirgends entdecken. Frustriert und mittlerweile frierend befördere ich ein Kleidungsstück nach dem anderen aus dem Schrank auf mein Bett. Doch auch, als alles ausgeräumt ist, kann ich den Overall nicht finden.

Hilflos sehe ich mich um, wo könnte ich noch suchen? Unter dem Bett bei den Altkleidern vielleicht?

Nein, dass ich so doof bin, kann ich mir nicht vorstellen, aber es hilft ja nichts, es ist meine einzige Chance. Ich ziehe zwei kleine Rollcontainer unter meinem Bett hervor und befördere weitere Kleidungsstücke auf mein Bett. Doch auch hier ist der Overall nicht.

Warum bin ich nur so chaotisch? Warum kann ich nicht mal bei meinem Klamotten Ordnung halten? So schwer ist das doch gar nicht!

Ich nehme ein paar Kleider vom Bett, knülle Sie zu einem Ball zusammen und werfe Sie durch den ganzen Raum, um mich zu beruhigen. Irgendwann lasse ich mich lachend aufs Bett fallen. Wenn das jetzt jemand gesehen hätte, wie ich hier nackt in meinem Schlafzimmer stehe und mit Klamotten um mich werfe, er hätte die Männer in den weißen Jacken angerufen. Immerhin geht es mir jetzt besser. Um die gute Laune nicht wieder zu verlieren, suche ich mir schnell etwas zum Anziehen für das Date aus. Meine Wahl fällt auf eine weiße Hose, ein rotes Top und schlichte weiße Unterwäsche. Ich ziehe mich an und mir fällt ein, dass ich ja eigentlich noch ins Einkaufcenter will, um mir Samuel genauer anzusehen. Also alles auf Anfang, ich gehe ins Bad, binde meine langen blonden Haare zu einem Pferdeschwanz, gehe zurück ins Schlafzimmer, ziehe meine Lieblingsjeans und meinen rosa Kuschelpullover an. Ich schnappe meine Handtasche und die Haustürschlüssel, ziehe meine Schuhe an und gehe einkaufen.

Alles ist voller Menschen, ich komme kaum vorwärts. Die Gänge sind verstopft mit Müttern und ihren Kinderwagen. Können die sich nicht schneller fortbewegen? Immerhin haben Sie schon etwas zum Schieben vorne dran. Ich muss mich wirklich bremsen, nur weil ich es eilig habe, muss es den anderen Menschen nicht auch so gehen. Ich atme dreimal tief durch und passe mich dem Tempo an und schneller als gedacht bin ich an der Schlachtertheke angekommen. Mein Blick schweift umher, doch ich kann Samuel nirgendwo entdecken. Ich gehe zu der Selbstbedienungstheke, dort ist eine riesige Glasfront und man kann dort den Schlachtern bei der Arbeit zugucken, aber auch da ist kein gut gebauter muskulöser Mann zu sehen.

»Er hat bestimmt gerade Pause, ich warte einfach noch ein bisschen.« Sage ich zu mir, doch der Herr neben mir antwortet:

»Ganz bestimmt!«

Ich grinse ihn an, bedanke mich und gehe in die Non-Food-Abteilung, um mir die Zeit zu vertreiben.

Allerdings kann mich der Ganze schnick schnack, nicht lange beschäftigen. Ich geh zurück und sehe mich noch einmal genauer um. Doch auch diesmal kann ich meinen Traummann nicht sehen.

Ein wenig enttäuscht gehe ich wieder nach Hause, gekauft habe ich natürlich nichts, auch wenn mein Magen langsam nach Nahrung schreit.

Endlich wieder daheim esse ich eine Scheibe Brot, während ich ein wenig durchs Internet surfe. Ich rufe E-Mails ab, gebe Samuels Namen in die Suchmaschine ein, in der Hoffnung mehr über ihn zu erfahren. Doch ich finde nur sein Dateluck Profil und ein paar andere Fotos, die eines anderen Samuel Littig. Ungläubig nicht mehr über ihn in Erfahrung bringen zu können, kratze ich mich am Kinn.

Ein Schmerz so schnell und stark wie ein Blitz durchfährt mein Gesicht. Was ist das denn?

Ich springe auf und stürze ins Bad, um mir die Stelle genauer ansehen zu können. Rechts unter meiner Lippe ist etwas dick und rot.

EIN PICKEL!

Ich bekomme einen Pickel, ich will aber nicht, morgen okay, übermorgen auch okay aber doch nicht heute!

Ich will schön und sexy sein, ohne Pickel im Gesicht!

Warum passiert so was immer mir?

Jetzt wo ich weiß, dass er da ist, juckt und kribbelt er. Nur schwer kann ich mich davon abhalten, mich zu kratzen. Ich drücke etwas Zahnpasta aus der Tube und schmiere es auf den kleinen Hubbel, irgendwo habe ich gelesen, dass das hilft.

Zurück in der Küche logge ich mich ins Dateluck ein und schreie diese Ungerechtigkeit in die Welt hinaus.

>>Date und Pickel, na, wenn das kein Zufall ist! Die Welt kann so ungerecht sein! Warum immer ich?<<

Es dauerte keine dreißig Sekunden und ich habe die ersten zehn Kommentare darunter stehen.

>>Dass passiert nicht nur dir!<<

»Nimm es locker, der Kerl verschwindet doch sowieso wieder.«

Den Kommentar lösche ich sofort wieder.

Unverschämtheit! Was weiß der schon von meinem Leben? NICHTS!

Die Nächsten sind da schon netter,

»Denk nicht mehr dran, schmink ihn über und alles ist gut.«

Ich poste ein Herz darunter zum Zeichen meines Dankes.

Mit dem Schminken muss ich wohl wirklich langsam beginnen, in einer Stunde will ich fertig gestylt und angezogen vor dem Moquito stehen.

»Bin dann weg.«

Schreibe ich noch, bevor ich dem Laptop für heute eine Pause gönne.

Ausnahmsweise bereitet mir das Schminken heute keine Probleme, mit einer Leichtigkeit verteile ich Make-up in meinem Gesicht, tusche die Wimpern und lege Lippenstift auf.

Nach dem ich mich angezogen und die Haare hochgesteckt habe gehe ich zur Tür, als ich sie gerade öffnen will, sehe ich meinen Overall. Er liegt vor meinem Bett. So als wollte er sagen: „Hey hier bin ich", schnell ziehe ich mich um, tausche meine Stiefel gegen die Sandalen und eile zur Tür hinaus.

Kapitel 3

Wie verabredet stehe ich vor der Tür des Moquitos und warte. Jeder gut aussehende Mann, der an mir vorbei geht, lässt mein Herz höher schlagen. Als ein großer gut gebauter Mann auf mich zu kommt, bin ich mir sicher, dass es Samuel ist. Ich stürme auf ihn zu und öffne den Mund um ihn zu begrüßen, doch als der Mann mich etwas verwirrt ansieht, schließe ich meinen Mund schnell wieder. Ich sehe auf die Uhr in meinem Handy. Samuel ist schon zehn Minuten zu spät und ich bin das Warten leid. Langsam ärgert es mich selbst, dass ich so ein ungeduldiger Mensch bin. Was ist denn, wenn er vor mir da war und schon reingegangen ist? Warum habe ich ihm nicht meine Handynummer geschickt? Dann hätte er bescheid sagen können. Ich sehe durch das große Fenster, doch da ich sein Gesicht nicht kenne, ist es nutzlos. Ungeduldig gehe ich auf und ab. Vom Kopfsteinpflaster tun mir die Hacken weh, und meine Füße sind eiskalt.

Die Vorfreude, die ich noch vor ein paar Minuten gespürt habe, weicht allmählich der Verzweiflung, Wut und Ungeduld machen sich in mir breit.

Ich nehme mir vor, nur noch fünf Minuten zu warten, dann kann Samuel mir gestohlen blieben. Vielleicht hat Samuel mich hier aber auch stehen sehen und beschlossen das ein Date mit mir nicht lohnt und ist einfach wieder gegangen?

Ich drehe mich noch einmal um und sehe durch das große Fenster, nein es scheint keiner auf mich zu warten. Mit meinem Spiegelbild bin ich auch mehr als zufrieden, er ist garantiert nicht gegangen, weil ich ihm nicht gefalle.

Die Kirchturm Uhr läutet, es ist halb neun, ich habe die Nase voll. Als ich mich von Moquito wegdrehe, um nach Hause zu gehen, stoße ich mit einem Mann zusammen.

»Oh, entschuldigen Sie bitte, das war nicht meine Absicht!«

»Kein Problem. Wow du siehst toll aus Joy!«

Ich bin verwirrt, woher weiß der Mann, wie ich heiße? Habe ich mir mein Namensschild etwa an meinen Overall geheftet? Ich sehe an mir hinunter, finde aber nichts.

»Woher wissen Sie, wie ich heiße?« Frage ich den kleinen pummeligen Mann vor mir.

»Ich bin es Samuel!«

Vor Erstaunen bleibt mir der Mund offen stehen! Ich habe einen schlanken, Großen, gut aussehenden mit Dreißiger erwartet. Doch hier vor mir steht ein kleiner Waschbärbauch vor sich hertragender Kerl. Sein Gesicht aber kommt mir seltsam bekannt vor. Allerdings habe ich so ein schlechtes Gedächtnis für Gesichter, dass ich ihn nicht einordnen kann. Die Haare sind für meinen Geschmack viel zu lang, er versucht damit, seine Geheimratsecken zu verstecken. Nicht sehr erfolgreich, wie ich hinzufügen möchte.

Außerdem trägt er einen Vollbart. Ich würde nie jemanden mit Haaren um den Mund herum küssen. Die Augen sind tiefblau, doch leider ist das, dass einzige, was ich Nettes über ihn sagen kann. Zumindest auf den ersten Blick.

Ich versuche, zu lächeln, und mir meine Enttäuschung, nicht anmerken zu lassen.

»Wollen wir reingehen? Frage ich unsicher.«

»Ich habe großen Hunger.«

Samuel entspannt sich sichtlich, er strafft die Schultern und grinst wie ein Honigkuchenpferd. Hauptsache einer von uns beiden ist glücklich.

Samuel bietet mir seinen Arm an, ich hake mich ein und stelle fest, dass er einen Kopf kleiner ist, als ich. Trotzdem lasse ich mich von ihm zu einem der freien Tische führen. Eins muss man ihm lassen, Manieren hat er! Als die Bedienung kommt und fragt, was Sie uns bringen kann, bestelle ich einen Cocktail und Spaghetti Carbonara. Samuel zieht eine Augenbraue hoch und fragt:

»Ohne in die Karte zu gucken?«

»Ich bin Stammgast hier, ich weiß, was schmeckt und was ich will.«

Das klang jetzt schärfer, als es sollte, Samuel verkriecht sich mit einem schnauben hinter seiner Karte. Sämtliche Versuche, ihn dahinter vorzulocken und ein Gespräch zu beginnen scheitern! Ich frage ihn nach seiner Arbeit, nach seinen Hobbys und allerlei Sachen, die jemand, der Interesse an mir hätte, beantworten würde. Außerdem kann er froh sein, dass ich hier mit ihm sitze. Ich kenne tausend Leute, die nicht mit ihm gegangen wären. Ihm sonst was an den Kopf geschmissen und wieder nach Hause gegangen wären.

Wie kann es angehen, dass er jetzt hier sitzt und schmollt, wo doch ich allen Grund dazu hätte? Welches Recht nimmt er sich heraus? Ich werde immer wütender, meine Füße mögen nicht stillstehen. Ich lehne mich auf dem Stuhl zurück und verschränke die Arme vor der Brust. Mein Herz schlägt wild, ich bin kurz davor zu explodieren.

Als mein Cocktail gebracht wird, haben wir immer noch kein Wort miteinander gewechselt, kurz entschlossen greife ich über den Tisch und nehme ihm die Karte weg. Als ich sein trauriges Gesicht sehe, wandelt sich meine Stimmung. Mitleid macht sich in mir breit. Er sieht so traurig aus! Ich beschließe mir nichts anmerken zu lassen und das Date zu genießen, auch wenn es nicht einfach werden wird.

Die Kellnerin kommt erneut an unseren Tisch und bringt mir mein Essen. Mir läuft das Wasser im Mund zusammen. Samuel macht immer noch keine Anstalten zu bestellen oder irgendetwas zu sagen. Deswegen fange ich einfach an zu essen. Gerade als ich mir die erste Gabel Spaghetti in den Mund schiebe, fragt er: »Ich hoffe, du bist nicht allzu enttäuscht, ich meine, mein Profilbild entspricht ja nicht ganz der Wahrheit.« Wie versteinert schwebt meine Hand mit der Gabel voll Spaghetti in der Luft. Das ist die Untertreibung des Jahrhunderts! Es entspricht nicht im Geringsten seinem Äußeren. Damit ich nicht antworten muss, schiebe ich die Spaghetti in meinen Mund, doch sie scheinen sich zu vermehren statt weniger zu werden nur mit Mühe kann ich sie hinunterschlucken.

»Blödes Arschloch, blöder Idiot, du kleiner glatzköpfiger Angeber.«

Nichts von dem spreche ich aus, doch warum ich ihm nicht sagen soll, das er sich unmöglich verhält und es ihm nie etwas bringen wird, wenn er die Menschen so täuscht, sage ich ihm. Schließlich fing er mit diesem Thema an.

»Naja, ich fühl mich ein bisschen veralbert. Ich bin eigentlich gerne auf mein gegenüber vorbereitet und du hast mich ganz schön hinters Licht geführt! Du hast mich glauben gemacht, dass du groß und gut gebaut bist. Für mich fällt das sogar in die Kategorie Lügen, und Lügen ist etwas, das ich nicht akzeptieren kann, niemals. Normalerweise wäre ich mit so jemanden nicht mal hier hergegangen. Dass ich jetzt doch hier sitze, hat nur den einen Grund: Ich habe großen Hunger!«

Das Thema ist ihm sichtlich unangenehm, er rutscht auf seinem Stuhl hin und her und knetet seine Finger. Seine Augen wirken müde und traurig. Er sieht aus wie ein geschlagener Hund.

»Warum stehst du nicht einfach zu dir?« Frage ich resigniert.

»Weil sich dann niemand mit mir verabreden würde! Ihr Frauen wollt doch nur gut gebaute muskulöse Kerle, ohne Geheimratsecken und einem Bäuchlein.«

Das ist nicht fair, ich lasse mir doch nicht den Schwarzen Peter zuschieben.

Ich muss mir aber eingestehen, dass er teilweise Recht hat, wenn ich ein vernünftiges Bild von ihm gesehen hätte, wäre die Verabredung nicht zustande gekommen! Trotz allem bin ich schon mit vielen Männern ausgegangen und nicht einer war makellos, Michael zum Beispiel hat auch ein Bäuchlein, doch bei unserem Treffen wusste ich, worauf ich mich einlasse. Ich bin nicht oberflächlich, ich gehe nicht nur nach dem Äußeren.

»Ich glaube, ich hätte mich trotzdem mit dir verabredet. Wir haben so nett geschrieben, ich glaube, es würde vielen Frauen so gehen.«

»Jetzt lügst du mir auch noch frech ins Gesicht! Du bist die größte Schlampe, die ich je kennengelernt habe.«

Mein Mund schnappt auf und zu, wie hat er mich gerade genannt? Schlampe? Allmählich frage ich mich, mit was für einem Typ Mann ich es hier zu tun bekommen habe. Klein, kahl, ohne Selbstbewusstsein mit einem Hang zur Dramatik?

»Also das ist ja wohl die Höhe! Du machst mich glauben, du seist der absolute Traummann, und weil ich ehrlich bin und dir sage, dass ich es hasse, angelogen zu werden, nennst du mich eine Schlampe?«

Samuel grinst mich frech an und lehnt sich in seinem Stuhl zurück, etwas Bedrohliches huscht über seine Gesichtszüge und ich frage mich, wie lange es wohl dauert, bis jemand vom Personal einschreitet, wenn er versucht, mit dem Messer auf mich loszugehen. Er macht keine Anstalten zu gehen. Resigniert seufze ich, der Appetit ist mir fürs Erste vergangen. Ich nippe an meinem Cocktail, lasse Simon aber nicht aus den Augen.

»Wie viele Frauen hast du denn schon getäuscht? Gab es jemals ein zweites Date?«

Die Arme vor der Brust verschränkt beobachtet er mich weiter, ohne etwas zu sagen. Ich weiche seinem Blick nicht aus, ich halte ihm stand. Wenn das ein Kampf ist, will ich ihn gewinnen!

»Also nicht«, beantworte ich mir selbst die Frage.

»Das habe ich mir gedacht! Ich frage mich wirklich, was in deinem Kopf vorgeht, meinst du Frauen lassen sich gerne veräppeln? Versuch doch mal, ehrlich zu sein und beantworte meine Fragen.«

Ich fordere ihn heraus, streue Salz in die Wunde, mal sehen, wie lange er diese gleichgültige Miene aufrecht halten kann.

Meine Wut steigert sich immer mehr, was mache ich hier eigentlich gerade? Ist es meine Aufgabe diesem Mann zu erziehen?

»Aber in einem Punkt muss ich dir Recht geben, ich hätte mich mit einem Geheimratsecken versteckenden, Bierbauch vor sich hertragenden alten Sack nie verabredet.«

Jetzt habe ich ihn genau da, wo ich ihn haben will, ich sehe, wie seine Fassade bröckelt. Samuel schnappt sich die Menükarte und hält sie sich vors Gesicht. Ich höre, wie er die Nase hochzieht, und ekel mich noch mehr vor ihm. Wieder nehme ich ihm die Karte weg und erstarre mit der Hand in der Luft. Ich bin zu hart gewesen, Samuel weint. Das ist das schlimmste Date, das ich je hatte! Mir tut bereits Leid was ich gesagt habe. Ich lege die Karte beiseite und greife nach seiner Hand, um ihn zu trösten.

»Entschuldige bitte, ich wollte dich nicht verletzen, aber du«,

Samuel wartet gar nicht, bis ich den Satz vollendet habe. Er springt auf, rennt die Treppe hinunter und verschwindet in der Nacht.

Unglücklich lehne ich mich in meinem Stuhl zurück. Das war nicht meine Absicht gewesen. Oder doch? Ich denke angestrengt darüber nach.

Natürlich bin ich sauer, er hat mich hinters Licht geführt, mich als oberflächliche Schlampe abgestempelt und zu meinem Entsetzen muss ich gestehen, dass ich mich eben genauso verhalten habe. Traurig trinke ich meinen Cocktail aus, rufe die Kellnerin und bitte Sie mir die Rechnung zu bringen. Die Spaghetti packt sie mir freundlicherweise ein, sodass ich sie mit nach Hause nehmen kann. Ich zahle und verlasse das Moquito in der Hoffnung, dass niemand mitbekommen hat, was sich da eben abgespielt hat. Nur ungern würde ich meine Lieblings - Cocktailbar verlieren.

Kapitel 4

Zuhause angekommen habe ich das dringende Bedürfnis mit jemandem über dieses miese Date zu reden. Ich fahre den Rechner hoch und logge mich ins Dateluck ein. Sandra ist nicht online. Was für ein frustrierender Abend. Ich stelle mein Essen in die Mikrowelle und vertreibe mir während des Essens die Zeit bei einem Spielchen. Satt lehne ich mich zurück und lege eine Hand auf meinen vollen Bauch. Ich klicke mich zurück zu meiner Startseite. Samuel hat etwas gepostet. Wenigstens ist er gut zuhause angekommen.

»Es gibt zu viele oberflächliche Frauen auf der Welt. Steck Sie alle in einen Sack, hau mit einem Knüppel drauf, du triffst nie die Falsche«

Meint er etwa mich damit? Ich bin nicht oberflächlich! Ich bin doch diejenige, die getäuscht worden ist. Mein Herz rast, das kann doch nicht sein Ernst sein! Er spielt hier doch allen etwas vor!

Er hat bereits 19 Kommentare bekommen. Ich lese sie alle. Jeder Einzelne gibt ihm recht! Was mich aber sehr verwundert ist, dass selbst Frauen unter den Kommentatoren sind. Samuel meint wirklich mich! Unverschämtheit! Das muss ich richtigstellen, das kann und will ich so nicht auf mir sitzen lassen. Ich schreibe:

»Oberflächlich ist nicht der, der sich erschreckt, wenn ein ganz anderer Mensch bei einem Date erscheint! Oberflächlich ist der, der andere mit einem Profilbild täuscht, weil er glaubt, sonst nicht gesehen zu werden.«

Jetzt bin ich zufrieden und kann endlich schlafen gehen. Ich schalte den Laptop aus, ziehe meinen Schlafanzug an und gehe ins Bett. Es sieht immer noch aus, als wenn eine Bombe eingeschlagen hat. Ich habe keine Lust, das Chaos jetzt noch zu beseitigen also nehme ich meine Decke und mein Kissen und lege mich im Wohnzimmer auf die Couch. Es dauerte eine Ewigkeit, bis ich einschlafen kann. Trotz allem ich habe ein schlechtes Gewissen.

Als ich am Morgen aufwache, fühle ich mich miserabel. In meinen Träumen wurde ich von einem weinenden, schreienden, glatzköpfigen Baby-Samuel verfolgt. Er warf mir vor ungerecht und oberflächlich zu sein und betitelte mich weiter als Schlampe.

Es geht mir einfach nicht aus dem Kopf, der letzte Abend und dann Samuels Post. Ich sehe auf die Uhr und stelle fest, dass es erst sieben Uhr morgens ist. Ich drehe mich noch einmal auf die andere Seite und versuche wieder einzuschlafen. Doch es gelingt mir nicht. Frustriert stehe ich auf, gehe in die Küche und koche Kaffee.

Über Nacht war einiges los im Dateluck, ich habe 45 Benachrichtigungen, ich klicke darauf und sehe das alle von Samuels Statusmeldung sind. Mit einem flauen Gefühl im Bauch rufe ich die Statusmeldung auf und lese, was die anderen geschrieben haben.

Vor Erstaunen bleibt mir der Mund offen stehen, ich werde aufs Übelste beschimpft.

»Was bist du denn für eine? Hast du nicht mehr alle Latten am Zaun?«

War noch das Netteste. Vier Frauen eifern um die schlimmste Beschimpfung für mich.

Samuel hat nichts dazu geschrieben. Ob er es schon gesehen hat, muss ich mir das eigentlich gefallen lassen? Ist es klug, wenn ich meinen Senf nochmals dazugebe, oder mache ich es damit vielleicht noch schlimmer?

Ich stehe auf und nehme mir noch einen Kaffee, unschlüssig was ich tun soll, starre ich auf den Bildschirm. Was wenn ich mich nur lächerlich mache? Wenn es genau das ist, was die Weiber wollen? Öl ins gießen ist noch nie eine gute Idee gewesen! Trotzdem, das kann ich nicht auf mir sitzen lassen. Meine Finger liegen unschlüssig auf der Tastatur, was soll ich denn schreiben? Irgendjemand sollte den Mädels verklickern, dass Samuel nicht der ist, für den er sich hier ausgibt! Allerdings ist doch genau das oberflächlich oder? Ich entscheide mich anders, es muss eine böse Bemerkung her, allerdings darf sie nicht so böse sein wie das, was ich Samuel gestern an den Kopf geworfen habe. Es soll aber etwas sein, dass die Mädels zum Verstummen bringt.

»Wenn man(n), (Frau) keine Ahnung hat, einfach mal die Klappe halten«.

Etwas anderes ist mir einfach nicht eingefallen, mir ist klar das Sie jetzt erst recht auf mich einstürzen und versuchen werden mich fertigzumachen. Kindergarten! Ich befinde mich im Kindergarten, warum lasse ich mich darauf ein?

Es dauert nicht lange und ich bekomme die nächsten Benachrichtigungen. Es wird fleißig weiter kommentiert. Was für ein Stress am frühen Morgen. Ich klicke zurück zum Post. Manuela Nauer schreibt: »Du bist das Blödeste, was mir je begegnet ist, wenn einer keine Ahnung dann du!«

Sehr nett, wirklich! Ich komme mir vor wie das Allerletzte! Dabei bin ich doch im Recht! Ich habe mit offenen Karten gespielt, die ganze Zeit! Samuel nicht.

Mein Verdacht, dass keiner von ihnen weiß wie Samuel wirklich ist, erhärtet sich mit jedem weiteren Kommentar. Langsam reicht es mir, ich werde hier als die Böse hingestellt und bin es gar nicht! Ich habe das Bedürfnis mich zu erklären, auch wenn es eigentlich niemanden etwas angeht! Ich schreibe:

»Manuela hast du dich mit Samuel schon mal getroffen? Ich weiß auch gar nicht, was du hast, mein Kommentar gestern Abend war nicht angreifend gemeint. Es war und ist meine persönliche Meinung! Ich bitte dich, dies zu respektieren und mich nicht weiter zu beschimpfen!«

Erneut kommt mir für all das nur ein Wort in den Sinn, Kindergarten! Warum schaffe ich es denn nicht, die Kommentare zu ignorieren? Sofort erscheint ein neuer Kommentar.

»Du blöde Schnepfe! Ich beschimpfe wen, wann und wo ich will. Kannst mich ja melden, wenn es dir Spaß macht. Los wirst du mich deswegen noch lange nicht, ich werde dich finden und dir die Fresse polieren.«

Meine Güte, was ist denn nur in diese Frau gefahren? Ich klicke neben Samuel seinem Post den kleinen Pfeil an und dann auf Melden. Nach dem ich alle Fragen mit Ja beantwortet habe, schicke ich es an den Betreiber der Seite.

Langsam ufert es aus, die Kommentare werden wilder, dreckiger und immer mehr Hasstiraden werden nieder geschrieben. Sollen sich andere damit herumschlagen, ich schreibe nichts mehr dazu.

Ich habe das Gefühl, mein Herz krampft sich zusammen, das habe ich nicht verdient, wirklich nicht! Samuel war genauso beleidigend gewesen wie ich. Um meinem Ärger wenigstens etwas Luft zu machen, schreibe ich Samuel eine private Nachricht.

»Hallo Samuel, sicherlich ist unser Date gestern nicht so verlaufen, wie es geplant war, dennoch würde ich es begrüßen, du würdest deine Mädels aufklären, was ich mit meinem Kommentar meinte! Bitte Sie doch auch die Beschimpfungen sein zu lassen. Ich wollte dich nicht verletzen. Das habe ich dir gestern gesagt! Ich hatte gehofft, du würdest es verstehen und darüber nachdenken. Denn dein Wahres ich ist es wert gezeigt zu werden, zu seinen körperlichen, und geistigen Schwächen sollte man stehen. Sie machen uns nicht hässlich, sondern liebenswert.

Liebe Grüße Joy.«

Ich schalte den Laptop aus, das ist erst mal genug Krieg für einen Morgen. Ich nehme meinen Kaffee und setze mich vor den Fernseher. Ich zappe mich durch alle Kanäle und entscheide mich für eine Model – Casting – Show. Langbeinige schlanke und zu meiner Überraschung großbrüstige Mädchen laufen über den Laufsteg. Früher wollte auch ich, wie fast jedes Mädchen, Model werden, doch bei einer Größe von einem Meter neunundsechzig kann ich mir den Traum nicht erfüllen. Ich bin einfach zu klein! Nach dem die Jury zwei der Mädchen nach Hause geschickt hat schalte ich den Fernseher ab. Ich muss einfach nochmal gucken, ob Samuel geantwortet hat. Natürlich hat er, ich klicke auf die Nachricht und lese.

»Hallo Joy, ich wüsste nicht, was ich aufklären sollte. Ich finde, die Mädels haben recht! Du bist unmöglich!«

Perplex lese ich seine Antwort mehrere Male durch. Das habe ich jetzt nicht erwartet! Wie kann ich auch nur glauben, dass er mir zustimmt? In seinen Augen hat er nichts falsch gemacht! Dass Beste ist, ich kündige ihm die Freundschaft und streiche ihn aus meinem Gedächtnis.

Als ich genau das tun will, wird mir angezeigt das der Benutzer mich ignoriert. Meine Wut steigerte sich ins Unermessliche, jetzt ist aber Schluss mit den Ungerechtigkeiten!

Bis jetzt habe ich mich immer für einen guten Menschen gehalten, klar habe auch ich meine Fehler aber geblendet, egoistisch und blöd gehören nicht dazu. Ich sage immer meine Meinung, ich läster nicht und bis jetzt wurde ich für genau diese Eigenschaften immer respektiert.

Ich kann es mir nicht verkneifen, ich muss eine Statusmeldung schreiben, in der Hoffnung danach mit dem Thema abschließen zu können!

>>Was bedeutet oberflächlich? Wie ist die Definition dafür? Ist man oberflächlich, weil man jemandem ins Gesicht sagt, dass man es nicht richtig findet, mit einem falschen Profilbild hinters Licht geführt zu werden?<<

Ich schicke es ab und warte. Die ersten Klicks dauern nicht lange, doch niemand schreibt etwas dazu. Der Tag ist im Eimer! Ich habe große Lust mich wieder mal im Bett zu verkriechen.

Nach einigen Minuten entscheide ich mich dagegen, ich gehe in die Bäckerei, um wie versprochen meinen Bericht abzugeben.

Kapitel 5

Als ich ankomme, schließt Maria den Laden gerade ab.
»Joy, was machst du denn hier? Ich dachte, du würdest nach einer langen erfolgreichen Nacht noch in den Federn liegen.«
»Gehst du mit mir einen Kaffee trinken? Ich habe viel zu erzählen.«
Maria zieht die Augenbrauen zusammen, sagt aber nichts.
Zusammen gehen wir in ein Eiscafé und bestellen zwei Latte macchiato mit viel Schaum.
»So dann mal raus mit der Sprache, was ist passiert?« Fragt sie mich, nachdem der Kellner gegangen ist.
»Eigentlich ist es total lächerlich, ich habe mich auf ein Date mit einem jungen, gut aussehenden Fleischer gefreut. Erschienen ist ein Geheimratsecken, versteckender, Bierbauch vor sich hertragender, alter Sack!«
»Ja aber sag mal, hast du dir seine Bilder denn nicht angesehen?«
»Natürlich habe ich das. Aber er hat nur Waschbrettbauch Fotos drin.«
Ich verschränke die Arme vor der Brust. Was erwartet mich jetzt wieder? Ein Vortrag von wegen wie kannst du auch nur einen Mann im Internet suchen?
Doch es kommt anders. Mitfühlend legt Marie mir eine Hand auf die Schulter.
»Da mussten wir alle mal durch, auch mir ist das schon mal passiert. Der Kerl war Schlachter hier in der Stadt und kam eigentlich aus Aerzen.«
Jetzt ist es an mir entgeistert zu gucken, ja ist das denn die Möglichkeit?

»Jetzt sag nicht, du hast dich mal mit Samuel Littig getroffen?«

Marie lacht, sie kann sich gar nicht mehr einkriegen, sie hält sich den Bauch und liegt halb auf dem Tisch. Nach kurzer Zeit kann ich mich nicht mehr zusammenreißen, ich stimme mit ein, erst als unsere Getränke gebracht werden, hören wir auf zu lachen. Als wir wieder alleine sind, fange ich an Sie auszufragen.

»Wie hast du denn reagiert, nachdem er aufgetaucht ist? Ich habe ihm gesagt, was ich denke und versucht ihn zu ermutigen ehrlich zu sein. Samuel hat sich hinter seiner Speisenkarte versteckt und geweint, da tat er mir fast wieder ein bisschen Leid.«

Ich sehe mich um, alle Tische sind besetzt, viele Pärchen sitzen um uns herum, Freundinnen wie Marie und ich aber auch Mütter mit ihren Kindern.

»Joy?«

Ich werde aus meinen Gedanken gerissen,

»Ja?«

»Hast du gehört, was ich gesagt habe?«

Ich schüttel den Kopf. Marie verdreht die Augen, seufzt und erzählt von vorne.

»Ich habe gesagt, dass du dir darüber keine Gedanken machen sollst, er ist selber schuld! Ich habe ihn damals einfach stehen gelassen, ich bin doch nicht die Wohlfahrt.«

Ich nicke, sie hat Recht, trotzdem kann ich nicht aus meiner Haut, ich hatte nie die Absicht Simon dermaßen zu verletzten.

»Was hältst du davon, wenn wir heute Abend ausgehen?«

Fragt Marie mich, ich bezweifel, dass es eine gute Idee ist. Man soll doch aus Fehlern lernen oder?

»Ich weiß, was du denkst, aber ich schwöre dir, dieses mal nicht den Kerl auszuspannen! Wenn dir einer gefällt, sag mir bescheid, ich lasse dann die Finger von ihm! Wirklich.«

Ich beschließe ihr zu glauben, ein bisschen Spaß kann ich gebrauchen.

»Einverstanden, was wollen wir denn anstellen? Essen gehen und Cocktails schlürfen? Oder richtig feiern gehen?«

»Das darfst du entscheiden, Joy, lass dir, etwas Gutes einfallen.«

Na toll, jetzt bin ich auch noch für die Abendgestaltung verantwortlich! Das kann doch nur im Chaos enden!

»Du wirst schon etwas finden«, ermuntert Marie mich.

»Komm nach der Arbeit zu mir, in meinem Schrank finden wir schon etwas für dich zum Anziehen. Außerdem brauchst du dann nicht einmal quer durch die Stadt zu fahren und dann wieder zurück.«

Sie nickt, wir zahlen und Marie geht wieder zurück in die Bäckerei, die Mittagspause ist zu Ende.

Ich gehe erstmal zur Bank, ich brauche Geld und etwas zum Anziehen für heute Abend zu kaufen.

Kapitel 6

Das Geld ist kein Problem, der Automat ist gnädig und spuckt 100 Euro aus. Die Klamotten sind da schwerer zu finden, die Mode ist unmöglich! Ich will nicht aussehen wie ein Paradiesvogel mit lauter Blumen überall. Mit den Neonfarben kann ich mich auch nicht anfreunden. Wo sind die normalen Sachen, für Leute wie mich? Ich kann sie nicht finden!

Ich entscheide mich, nach Hause zu gehen und dort etwas von meinen alten Sachen anzuziehen. Vielleicht kann ich ja zwei meiner Shirts zusammennähen und so ein neues Erschaffen? So schwer kann das doch eigentlich nicht sein oder? Ich habe vor nicht allzu langer Zeit im Fernsehen einen Beitrag gesehen, in dem gezeigt wurde, wie man alte Oberteile mit Glitter, ein paar Nadelstichen und Bändern aufmotzen kann. Dazu muss ich allerdings erst in den Bastelladen.

Das Gute daran mitten in der Stadt zu wohnen ist, dass sämtliche Läden in Lauf Nähe sind. Ich gehe an meiner Wohnung und dem Juwelier der neben an ist vorbei, biege rechts in die kleine Seitenstraße ein und stehe vor dem Bastelladen. Die Verkäuferin will gerade die Tür schließen.

»Bitte, bitte, bitte darf ich noch ganz schnell hineinschlüpfen? Ich brauche nicht viel, und wenn Sie mir helfen, bin ich in fünf Minuten fertig.«

Ich versuche mitleiderregend zu gucken, und es hilft, sie lässt mich hinein und zusammen werden wir schnell fündig. Ich brauche tatsächlich nur 5 Minuten. In meinem Tütchen befinden sich kleine glitzernde Steinchen zum Aufbügeln, Bändchen in allen Farben und Glitzerstifte. Die junge Frau hat mir versichert, dass es nicht schwer ist, die Steinchen auf das Shirt zu bringen. Auflegen, Bügeln fertig. Wenn das wirklich alles ist, habe ich ruck zuck ein Neues Party Outfit. Zu hause angekommen nehme ich das rote Shirt, das ich gestern anziehen wollte, es ist vorne nur ein bisschen ausgeschnitten, hinten hält es nur mit zwei Schnüren zusammen. Von einem verwaschenen schwarzen Pullover schneide ich den Gürtel ab und der Länge nach auseinander. Dazu nehme ich von einer weißen Bluse den Saum und flechte alles zu einem Zopf. Mit ein paar Nadelstichen befestige ich es an dem roten Shirt unterhalb der Brust. Ich bin stolz auf mich. Es sieht wirklich toll aus. Meine weiße Hose lasse ich, wie sie ist. Nachdem ich das Chaos in meinem Schlafzimmer beseitigt habe, vertreibe ich mir die restliche Wartezeit im Dateluck. Sandra hat mir immer noch nicht geantwortet. Ich schreibe Sie noch mal an.

»Hey Süße, ist alles klar bei dir?«

Nachdem das erledigt ist, beschließe ich, meine Freundesliste aufzuräumen. Neunzig Prozent meiner Freunde sind Männer. Die Hälfte muss jetzt weichen. Total in meine Arbeit abgetaucht überhöre ich das Pling meines Chats.

Erst als ich 30 Männer gelöscht habe, sehe ich in den Chat mit Sandra.

»Hi Süße, kann ich bei dir vorbeikommen? Es ist wichtig, wirklich! Bitte sag ja.«

Es muss wirklich dringend sein, wenn Sie zu mir kommen will, normalerweise treffen wir uns immer bei ihr.

»Ja natürlich du kommen!«

Ich sehe, dass Sie offline geht, ich habe kein gutes Gefühl im Bauch, was ist nur mit ihr los?

Um Sie von was auf immer aufzumuntern, bereite ich einen Cappuccino, mit viel Sahne und bunten Streuseln für uns vor. Ich bin gerade fertig, da klingelt es an der Tür, Sandra ist in Nullkommanichts die Treppen hochgerannt. Sie fällt mir in die Arme und weint. Besorgt schiebe ich Sie ein Stück von mir weg,

»Was ist denn mit dir los? Komm mit in die Küche!«
Die Sahnehaube und die Streusel sind schon geschmolzen und wir trinken schweigend.

Nach einer Weile seufzt Sandra, wischt sich stumm die Tränen weg und fängt an zu erzählen.

»Ich bin wirklich schwanger! Ich weiß nicht, wie ich damit umgehen soll, ich meine klar weiß ich das man schwanger wird, wenn man nicht verhütet. Ich habe nur gehofft, unfruchtbar zu sein, naja auch nicht wirklich. Ich habe gedacht, es dauert lange, bis ich schwanger werde und nicht ein Schuss ein Treffer.«

Ich weiß nicht, was ich dazu sagen soll, als ich bei ihr war, war sie ganz aufgeregt und hat sich gefreut! Was ist in der Zwischenzeit nur passiert?

Ich bin sprachlos, Sandras Augen sind geweitet. Sie wartet darauf, dass ich was sage, aber mir fällt nichts ein, deswegen schweige ich und versuche nicht so irritiert zu gucken.

»Sag, doch was«, fleht sie mich an.

»Ich weiß aber nicht was!«

»Na toll und warum bin ich dann hier?«

»Du wolltest kommen, sag du es mir.«

»Ich weiß es doch auch nicht«, sie fängt wieder an, zu schluchzen. Ich stehe auf, ziehe Sie vom Stuhl hoch und drücke Sie an mich!

»Es ist genau das, was du, ihr euch gewünscht habt! Ihr werdet Eltern, das ist doch wunderbar.«

Sandra stößt mich weg und plumpst zurück auf ihren Stuhl. Ich versteh die Welt nicht mehr! Warum weint man, wenn man schwanger ist, vor allem wenn man sich genau das gewünscht hat?

»Kannst du dir eigentlich vorstellen, was jetzt alles auf mich zukommt?« Schreit sie mich an.

»Ähm, dein Bauch wird rund, dann bekommst du das Kind und betüddelst es, bis es achtzehn ist?«

»Eben, bis es achtzehn ist, das ist eine verdammt lange Zeit! Was ist, wenn ich nicht klarkomme? Was wenn mich mein eigenes Kind nicht ausstehen kann?«

»Das solltest du auf dich zukommen lassen, es ist verständlich, dass du angst hast, aber du hast jetzt neun Monate Zeit dich vorzubereiten«, ich grinse Sie an.

»Ich werde Patentante!«

Ich habe es geschafft, endlich kann Sandra ein wenig lächeln.

»Simon tut ja nichts anderes als arbeiten.«

Ich würde ihr gerne sagen »das schaffst du schon«, lasse es aber, nachher knallt sie mir noch eine.

Als wenn Sie meine Gedanken gelesen hat, hebt sie drohend ihren Zeigefinger.

»Sag mir jetzt nicht, dass du mir helfen willst! Sag jetzt nicht, dass du dich für mich freust.«

»Aber,« fange ich an, doch ihre zusammengekniffenen Augenbrauen, die gerunzelte Stirn und der verkniffene Mund lassen mich verstummen.

Ich sage am besten gar nichts mehr! Es ist ja sowieso alles falsch! Ich tue so, als wenn ich ihr zuhöre, und trinke meinen Cappuccino.

»Weißt du eigentlich, wie viele Namen es gibt? Was wenn ich den falschen Namen aussuche und das Kind im Kindergarten deswegen gehänselt wird? Oder in der Schule? Was wenn ich mir irgendwann anhören darf, was ich für eine schlechte Mutter war? Ne, ne, ne nicht mit mir!«

Sie reißt die Hände abwehrend in die Höhe.

»Jetzt komm mal wieder runter! Man kann sich auch zu viele Gedanken machen.«

Langsam nervt mich ihr Gefasel, sie redet Unsinn und merkt es nicht einmal!

Sandra springt auf, und stürmt hinaus, mit einem lauten Knall fällt die Haustür ins Schloss. Ihren Cappuccino hat sie nicht einmal angerührt, traurig schwimmen noch ein paar Streusel auf der Oberfläche. Kopfschüttelnd gieße ich alles in den Ausguss.

Verwirrt bleibe ich stehen, was für ein schräger Besuch.

Ich verstehe nicht, warum Sandra jetzt auf einmal so reagiert. Ich habe mit überschäumender Freude gerechnet.

Manchmal ist die Welt echt verrückt, erst Samuel jetzt Sandra, was kommt noch?

Meine Freundin dreht durch und meine Arbeitskollegin ist auf dem besten Weg meine Freundin zu werden.

Je später es wird, umso weniger Lust habe ich auszugehen. Das ist wieder so typisch für mich.

Ich setze mich an meinen Laptop und öffne Dateluck, 47 Freunde sind online. Sandra gehört auch dazu.

Nach kurzer Zeit bekomme ich eine Nachricht von ihr.

»Bitte entschuldige meinen Auftritt vorhin, meine Hormone scheinen verrückt zu spielen! Wenn du mal wieder Zeit hast, können wir ja noch mal in Ruhe reden und vielleicht die ersten Babysachen kaufen.«

»Gerne.«

Aha, da haben wir es ja, sie freut sich auf das Baby, Sie hat einfach nur höllische Angst vor der Verantwortung! Sandra geht offline und ich wende mich meinen Neuigkeiten zu.

Allerdings habe ich immer noch keine Ahnung, was Marie und ich zusammen anstellen sollen. Also durchforste ich die Veranstaltungen. Heute scheint nicht viel los zu sein, wie immer, ich will ja auch nur mal wieder ordentlich auf den Putz hauen. Es dauert einige Zeit, aber dann habe ich eine Party gefunden.

»Sag – was – du – willst - Party«,

heißt sie, ich klicke weiter, um mir die Beschreibung durchlesen zu können.

»Die wohl außergewöhnlichste Party, die ihr je erlebt habt! Wir haben Schilder vorbereitet, die ihr euch um den Hals hängen könnt. Sobald ihr drauf geschrieben habt, was ihr vom Leben erwartet, was ihr euch wünscht, kann es los gehen!«

Die Ersteller haben Recht, das ist wirklich außergewöhnlich! Ich überlege, ob es nicht genau das ist, was ich jetzt brauche. Ich lese weiter:

»Ihr solltet euch schon im Vorfeld überlegen, was ihr wollt. Wir schmeißen die Party nicht zum ersten Mal und immer wieder kommt es vor, dass auf den Schildern Floskeln stehen wie „Geld" oder „Reichtum", das ist nicht dass, was wir meinen!«

»Sehr interessant, der Besuch dieser Party könnte sich lohnen«; sage ich zu mir selbst. Einen Versuch ist es Wert.

Ob ich Marie dazu überreden kann? Wobei ich das wahrscheinlich nicht brauche. Marie hat gesagt, Sie wüsste nicht, wo etwas los ist, dafür jetzt ich.

Ich sage zu und notiere mir die Adresse auf einem Zettel.

Ich sehe auf die Uhr, es ist fast 18 Uhr, Marie wird gleich bei mir sein. Ich klappe den Laptop zu und überlege mir, was auf meinem Schild stehen soll.

Ich möchte eigentlich wirklich nur die große Liebe finden, den Mann, der es ernst mit mir meint. Der mich heiraten und mit mir Kinder bekommen will.

»Genau, das schreibe ich auf das Schild«, sage ich zu mir selbst.

Kapitel 7

Kurz nach 18 Uhr klingelt es an meiner Tür, ich drücke auf den Summer und warte darauf, dass Marie die drei Stockwerke zu mir rauf gestiegen ist.

Sie sieht schrecklich aus, die Haare sind verwuschelt die Haut aschfahl.

»Was ist denn mit dir passiert?«

»Du glaubst gar nicht, was heute Nachmittag los war, ich hatte keine Ruhe. Das Wetter war einfach zu schön! Die Leute haben uns komplett leer gekauft! Ich bin total erledigt.«

Ich sehe die Chance auf die Party schwinden, ich will aber unbedingt dahin!

»Heißt das, du gehst nicht mit mir aus?«

Marie sieht mich mit weit aufgerissenen Augen an,

»Doch natürlich gehen wir! Ich möchte nur erst baden und eine halbe Stunde die Augen zu machen, wenn du nichts dagegen hast.«

Ich schüttel den Kopf,

»Zuallererst trinken wir einen Joy spezial! Danach geht es dir garantiert besser.«

Misstrauisch sieht Marie mich an,

»Was ist denn ein Joy spezial?«

Ich nehme sie am Arm und ziehe sie in die Küche, führe sie zu einem der Stühle, auf den sie sich laut schnaufend fallen lässt, und erkläre:

»Ich mache uns jetzt einen leckeren Karamell, schokoladen Cappuccino, mit viel Sahne und bunten Streuseln.«

»Das klingt wirklich gut. Dankeschön.«

»Kein Problem, wir bekommen dich schon wieder munter.«

Nachdem die Cappuccinos fertig sind, setze ich mich Marie gegenüber, die gierig trinkt.

»Wo gehen wir beide denn hin?«

Fragt sie, den Mund von Sahne verschmiert.

»Ich habe da eine tolle Party im Dateluck gefunden! Es ist eine »Sag – was – du – willst – Party«. Jeder Besucher bekommt ein Schild, wo er drauf schreibt, was er will. Auf meinem wird stehen: Ich will die große Liebe finden, heiraten und Kinder kriegen.«

Neugierig, was Marie von der Idee hält, sehe ich sie an. Sie hat mitten in der Bewegung innegehalten, die Tasse in ihrer Hand ist zwischen ihrem Mund und der Tischplatte wie festgenagelt, die Augenbrauen sind zusammengezogen. Alles in allem guckt sie ziemlich ungläubig.

»Was denn? Ich dachte, einen Versuch ist es Wert, wer weiß vielleicht finden wir dort genau das, was wir suchen. Und die Bilder der Gäste, die zugesagt haben, sahen gar nicht schlecht aus. Der ein oder andere Leckerbissen ist dabei.«

Ich habe das Gefühl, ich rede mich um Kopf und Kragen, aber ich will unbedingt dahin! Ich versuche weiter sie zu überreden,

»Bitte sag ja, der Eintritt kostet nur fünf Euro, wenn es uns da nicht gefällt, können wir ins Moquito gehen und dort noch ein paar Cocktails schlürfen.«

Maries Gesichtsausdruck hat sich verändert, die Augenbrauen sind nicht mehr zusammengezogen, die Nase nicht mehr kraus, um ihren Mund spielt ein kleines Lächeln.

»Bist du jetzt fertig? Darf ich auch mal etwas dazu sagen?«

Ich nicke.

»Ich habe die Party gestern auch entdeckt. Ich habe mich nur nicht getraut, dir davon zu erzählen.«

Jubelnd springe ich von meinem Stuhl auf, renne um den Tisch herum und nehme sie in die Arme.

»Dann ab mit dir in die Wanne, ich versuche, das Chaos im Schlafzimmer zu richten, damit du dir etwas von meinen Sachen aussuchen kannst.«

»Den Overall bekomme ich wohl nicht oder?«

»Den hatte ich gestern Abend an!«

Nachdenklich wiegt sie den Kopf hin und her.

»Was ist, wenn wir den im Kurzwaschgang waschen und danach in den Trockner schmeißen? Das dürfte doch nicht länger als eine Stunde dauern oder?«

»Nein länger auf keinen Fall! Okay überredet, ich wasche ihn schnell für dich.«

»Du bist die Beste!«

Ich bekomme einen Kuss auf die Wange und dann verschwindet Marie in meinem Bad.

Ich suche den Overall in dem ganzen Klamotten Chaos, zum Glück habe ich mich etwas weiter weg vom Bett ausgezogen. Das gute Stück liegt zusammengeknüllt auf dem Boden. Ich hebe es auf und stecke es in die Waschmaschine, die in meinem Abstellraum steht, oben drauf der Trockner. Rechts und links hat mein Vermieter Regale gehangen, sechs Stück. Ich lagere dort aber keine Vorräte, ich kaufe sowieso immer nur das, was ich gerade zum Kochen brauche, dort liegen Handtücher, Bettwäsche und Laken.

Ich stelle das Kurzprogramm ein, schließe die Tür hinter mir und versuche die Wäsche, die noch auf meinem Bett liegt, zusammenzulegen und wieder in den Schrank zu packen. Allerdings habe ich nach zehn Oberteilen die Nase voll und lasse alles so, wie es ist.

Ich gehe zu meinem Laptop, fahre ihn hoch und logge mich erneut ins Dateluck ein.

Heute ist Samstagabend und da ist bei mir auf der Seite immer tote Hose. Ich habe keine Nachrichten. Ich poste:

»Party machen mit Marie Hollen, ich freu mich!«

Ich warte 20 Minuten doch niemand antwortet, Frust macht sich in mir breit. Da habe ich schon mal etwas Tolles zu erzählen und niemanden interessiert es.

»Joy? Hast du ein Handtuch für mich? Ich habe vergessen vorher zu fragen, nun stehe ich hier nackt und nass.«

Ich kann hören, dass sie lächelt.

»Ich bring dir eins, warte kurz.«

Ich klappe den Laptop zu und gebe ihr das Gewünschte. Als die Waschmaschine fertig ist, befülle ich den Trockner.

»Und jetzt? Hast du etwas zum Vorglühen da? Und hunger habe ich auch.«

»Oh, also Essen ist schlecht! Aber wir können ja etwas bestellen und zum Vorglühen, könnte ich dir ein Glas Sekt anbieten.«

»Das klingt doch sehr gut! Lass uns schnell bestellen, wo ist der Zettel? Ich verhungere gleich.«

Marie ist die perfekte Drama Queen, die kleinste Kleinigkeit kann sie zu einem großen Problem machen. Ich gebe ihr den Bestellzettel und gieße uns ein Glas Sekt ein. Ich weiß, was ich essen will, ich brauche nicht suchen. Marie entscheidet sich für eine Salamipizza und einen Thunfischsalat. Nach dem ich per Telefon bestellt habe, gehe ich ins Bad, um mich zu schminken. Als ich damit soweit fertig bin, gehe ich ins

Schlafzimmer und ziehe mich an. Stolz präsentiere ich mein altes, neu aufgemotztes Outfit.

»Wahnsinn! Das sieht toll aus! Wo hast du das denn gekauft?«

»Das Outfit ist total alt, ich habe es nur aufgemotzt! Es ist gar nicht schwer, im Gegenteil es hat sogar Spaß gemacht.«

»Bei Gelegenheit musst du mir unbedingt zeigen, wie das geht, ich habe da auch das ein oder andere Teil, dass ich aufmotzen möchte.«

»Mach …«,

Weiter komme ich nicht, es klingelt an der Tür, ich drücke den Summer und warte darauf, dass Toni das Essen zu uns rauf bringt, wie immer kommt er laut schnaufend oben an.

»Bist du immer noch nicht umgezogen«, schimpft er mit mir.

»Ich habe dir doch gesagt, das es zu anstrengend ist hier immer hochzukriechen!«

Ich weiß, dass er das nicht ernst meint, und lache.

»Du wieder! Komm doch öfter und bring kostenlos etwas zu essen mit, dann lass ich dich vielleicht sogar rein.«

Toni lacht mit mir,

»Bella, isch 'abe gar kein Essen. Wow du siehst toll aus, gehst du heute auf Männerfang?«

»Wer weiß, erstmal brauche ich mein Essen, also her damit.«

Ich reiße ihm den Styroporbehälter aus der Hand und stelle ihn auf den Boden.

»Das macht 16,45 Euro.«

Ich gebe ihm einen zwanzig Euro Schein.

»Der Rest ist für dich, danke schön.«

Ich will gerade die Tür schließen, als er seinen Fuß dazwischen stellt,

»Ich glaube, Bella, du hast da noch etwas, dass mir gehört.«

Verwirrt sehe ich ihn an, schüttel leicht den Kopf, bis mir einfällt, was er meint. Mein Gesicht läuft rot an.

»Oh, natürlich, bitte schön. Entschuldige.«

Ich bringe das Essen in die Küche, Marie leckt sich über die Lippen und reibt sich die Hände.

»Das können wir nicht riskieren! Hier …«

Ich reiche ihr ihre Pizzaschachtel und den Salat. Gierig greift sie nach beidem, ich muss schmunzeln. Ich bekomme auch immer schlechte Laune, wenn ich hungrig bin. Schweigend essen wir, danach hole ich den Overall aus dem Trockner, Marie zieht sich an, schminkt sich und wir machen uns auf den Weg in die Schmumpfe. Dort soll die Party stattfinden, direkt an der Weser am Dampferanleger.

Ich bin noch nie da gewesen, habe aber gehört, dass es nicht sehr groß ist, außerdem dunkel und schmuddelig. Ich sage lieber nichts zu Marie, ich befürchte, sie könnte es sich doch noch anders überlegen. Zusammen gehen wir am Moquito vorbei biegen rechts in die Straße ein, an der Münsterkirche vorbei Richtung Weserpromenade. Wir müssen nur unter der Weserbrücke hindurch und ca fünfhundert Meter weiter an der Weser entlang gehen. Nach fünfzehn Minuten erreichen wir die Schmumpfe. Ich bin aufgeregt, werde ich heute meiner großen Liebe über den Weg laufen?

»In diesem Schuppen ist die Party? Oje, ich wünschte, du hättest mir das vorher gesagt! Oder ich hätte mir die Beschreibung besser durchgelesen! Ich wäre nicht mitgekommen, ich habe nur Schlechtes gehört! Hier soll mal ein Mädchen erst unter Drogen gesetzt und dann auf dem Klo vergewaltigt worden sein!«

»Ach komm, stell dich nicht so an! Wir passen einfach auf unsere Getränke auf, lassen uns nichts ausgeben, und dann wird uns schon nichts passieren.«

Nachdenklich wiegt sie den Kopf hin und her.

»Okay, aber wehe du lässt mich alleine, ich habe wirklich Angst.«

Ich nehme sie an die Hand und ziehe sie mit mir.

Am Eingang steht ein großer, muskelbepackter Kerl, jetzt bekomme auch ich Angst!

»Hier«, knurrt er und reicht jeder von uns ein Schild und einen Edding,

»Und denkt dran nichts Bescheuertes, nichts was jeder schreiben würde, das Wort Liebe allein, reicht nicht aus!«

Ich nicke, ich fühle mich eingeschüchtert, das hat bis jetzt nur meine Mutter mit ihren Schimpftiraden geschafft. Und selbst das liegt 12 Jahre zurück. Eifrig fange ich an, auf das Schild zu schreiben, »Ich suche die große Liebe, ich möchte heiraten und Kinder kriegen!«

Als ich fertig bin, will ich an dem Bären vorbei, doch er hält mich fest,

»Zeigen«, befiehlt er. Unsicher hebe ich mein Schild in die Höhe und hoffe das es akzeptiert wird.

Der Türsteher verdreht zwar die Augen, dennoch lässt er mich los und brummt:

»Genehmigt!«

Er bedeutet mir, weiter zu gehen. Als ich stehen bleibe, ich warte ja noch auf Marie, beugt er sich zu mir hinunter und flüstert bedrohlich.

»Irgendwas nicht verstanden? Ich habe gesagt, du sollst
reingehen.«
»Aber ich«,
Weiter komme ich nicht, er packt mich am Arm und
schupst mich in das Innere der Schmumpfe.
Grobian!
Mir wird klar, dass es keinen Sinn hat, sich zu wehren,
trotz allem zappel und schreie ich, was das Zeug hält.
Ich bin doch kein kleines Kind mehr, außerdem bin ich,
wie alle anderen auch, freiwillig hier! Kurz, nachdem
der Bär mich loslässt und verschwunden ist, steht
Marie neben mir.
»Meine Güte wo haben sie den denn ausgegraben? Da
bekommt man ja Angst.«
»Meinst du, wir können verschwinden? Ich habe keine
Lust hierzubleiben.«
»Ach komm schon, der macht doch nur seinen Job,
außerdem können wir uns jetzt sicher sein das hier
niemand aus, der Reihe tanzt, alle werden viel zu viel
Angst vor Mister Bodybuilder haben.«
»Okay, ich glaube, du hast Recht, trotzdem ist der ganz
schön unhöflich, sehe ich aus wie eine
Massenmörderin? Ich glaube, ich bekomme dort einen
blauen Fleck, wo er mich gepackt hat.«
Wir haben die Rollen getauscht, eben wollte sie noch
weg jetzt ich.
Marie lacht und zieht mich mit sich zur Bar. Wir
bestellen uns Cocktails, der Kellner bedeutet uns mit
einem nicken, dass wir die Schilder noch nicht um den
Hals tragen. Neugierig sehe ich auf das von Marie, sie
hat geschrieben: »Jemanden der mich aufrichtig und
ewig liebt!«

Im Grunde wollen wir also dasselbe. Mit meinem Cocktail in der Hand sehe ich mich in dem Raum um, ich kann keinen interessanten Mann entdecken.

Bei Marie scheint das anders zu sein, sie starrte in die Ecke mit den zerfledderten Sofas.

Ich folge ihrem Blick, der Mann, der dort sitzt, kommt mir bekannt vor. Ich kann mich nur nicht erinnern, wo ich ihn schon mal gesehen habe. Marie stupst mich an.

»Joy guck mal, der Typ dahinten, erkennst du ihn?«

»Ich weiß, dass ich ihn schon irgendwo gesehen habe, aber ich kann mich einfach nicht erinnern wo!«

»Das ist der Kerl, der jeden Morgen bei uns Frühstücken kommt! Ich nehme einmal das große Frühstück bitte, mit einer großen Tasse Kaffee und Obst der Saison«, äfft sie ihn nach.

Jetzt fällt es mir wie Schuppen von den Augen! Er ist es wirklich.

»Dann geh hin, sprich ihn an, du sagst doch ständig, dass er süß ist.«

Marie schüttelt den Kopf,

»Du weißt ganz genau, dass ich schüchtern bin. Das kann ich nicht!«

»Dann komm mit.«

Ich ziehe sie am Ellbogen hinter mir her, zielstrebig gehe ich auf das Sofa zu, manövriere Marie neben ihn und quetschte mich in die kleine Ecke am anderen ende des Sofas.

Ich wette Marie ist gerade rot angelaufen, wie gut das es dunkel ist. Ich beuge mich etwas nach vorne, um sehen zu können, was auf seinem Schild steht.

»Ich suche die ehrliche große Liebe, damit ich zuhause frühstücken kann!«

Ich flüstere in Maries Ohr,

»Los sprich ihn an, das ist genau der Richtige für dich.«

Sie schüttelt nur den Kopf, warum ziert sie sich denn so? Ich mache mir mit meinem Hintern etwas mehr Platz auf dem Sofa und schiebe Marie so immer näher an ihren Schwarm heran!

»Lass das«, zischt sie, aber ich denke gar nicht dran, wenn sie die Initiative nicht von allein ergreifen will, muss ich sie eben zwingen. Als ich genug Platz habe und zwischen die beiden nicht mal mehr eine Briefmarke passt, grinse ich zufrieden. Etwas unsicher schaut Marie den Mann an.

Schließlich fängt sie doch an, zu reden.

»Entschuldigen sie bitte, ich, sie, ich, ach Mist.«

Marie springt auf und rennt zurück zur Bar, schulterzuckend sehe ich den Mann an und folge ihr.

»Was ist denn in dich gefahren? Warum bist du denn jetzt weggelaufen?«

»Ich kann das einfach nicht! Ich kann niemanden ansprechen, ohne das Stottern anzufangen. Aber hast du gesehen, was auf seinem Schild steht? Genau dasselbe wie bei mir! Naja gut in etwas anderer Form. Ich, ach Manno«, mutlos lässt sie die Schultern nach vorne sinken.

Ich will gerade etwas sagen, als ich bemerke, dass jemand hinter uns steht.

Ich sehe mich um und da steht er, groß, dunkelhaarig, mit breiten Schultern und tiefblauen Augen. Bevor ich etwas sagen kann, spricht er Marie an:

»Entschuldigen Sie, würden Sie mit mir etwas trinken? Ich mag Ihr Schild.«

Aufmunternd lächel ich Marie zu und ziehe mich zurück. Ich gehe ans andere Ende der Bar und bestelle noch einen Cocktail. Verstohlen beobachte ich meine Freundin, sie lächelt und unterhält sich angeregt.

Als der Kellner mir meinen Cocktail bringt, halte ich ihn fest.

»Warum haben sie kein Schild um den Hals?«

Verwundert sieht er mich an,

»Ich, warum sollte ich? Ich arbeite hier nur.«

»Wirklich, wirklich schade!«

Jetzt lächelt er mich an, ich blickte in seine braunen Augen und spürte mein Verlangen erwachen. Ich brauche dringend mal wieder Sex, guten Sex, richtig guten Sex!

»Wann hast du denn Feierabend?«

Ich lächele ihn verführerisch an und klimpere mit den Wimpern. Er grinst zurück und da weiß ich, dass ich heute nicht allein nach Hause gehen werde.

»Die Party geht bis zwei Uhr heute Nacht. Gehen wir zu dir oder zu mir?«

Da in meinem Bett noch die ganzen Klamotten liegen, kann ich ihn auf keinen Fall mit zu mir nach Hause nehmen.

»Zu dir.«

»Einverstanden!«

Das kommt mir viel zu einfach vor, aber ich werde endlich wieder Sex haben, dass letzte Mal liegt eine gefühlte Ewigkeit zurück.

Ich nippe an meinem Cocktail und warte, dass Marie zu mir kommt. Doch sie unterhält sich immer noch mit dem ominösen Frühstücker. Ich weiß nichts mit mir anzufangen. Soll ich hier sitzen bleiben und hoffen das der Kellner ab und an mit mir klönt oder soll ich mich unter das Partyvolk mischen und gucken, ob sich mir nicht noch eine andere Gelegenheit ergibt? Ich entschiede mich, erst mal, sitzen zu bleiben. Ich kenne nicht mal den Namen meines Kellners.

Als ich den zweiten Cocktail in Rekordzeit getrunken habe, winke ich ihn noch einmal zu mir. Da die Musik mittlerweile lauter gestellt wurde, muss ich schreien, damit er mich versteht.

»Wie heißt du eigentlich und hast du nicht irgendwann auch mal Pause? Ich heiße Joy, okay eigentlich Johanna, aber so nennt mich nur meine Mutter.«

»Ich heiße Christian, Pause habe ich so, wie es aussieht nicht, Karl, mein Kollege, ist nicht aufgetaucht.«

»Schade!«

Ich stemme den Arm auf den Tisch und lege meinen Kopf in die Hand, das wird ein sehr langweiliger Abend werden. Ich sehe auf die Uhr, es ist 23 Uhr, noch 3 Stunden, bis Christian Feierabend hat. Die Lust ist mir schon wieder vergangen.

Als ich gerade überlege, nach Hause zu gehen, allein, stellt Christian mir einen neuen Cocktail vor die Nase, packt meinen Arm und zieht mich über die Theke zu sich, um mich zu küssen. Sanft presst er seine Lippen auf meine, sie sind warm und weich. Als seine Zunge, den Weg in meinen Mund findet, bin ich hin und weg. Ich spüre ein Angenehmes kribbeln im Bauch. Ich will mehr. Knutschend vergesse ich alles um mich herum, es gibt nur noch Christian und mich. Wenn der Sex genauso gut ist, wie dieser Kuss, lohnt sich das Warten auf alle Fälle.

Als wir uns etwas außer Atem voneinander lösen und ich zurück auf meinen Stuhl sinke, grinse ich von einem Ohr zum anderen. Marie bemerke ich erst, als sie mich antippt.

»Na du«, schelmisch grinst sie mich an.

»Da hast du ja schnell jemanden gefunden. Guter Fang, wirklich. Aber sei mir nicht böse ich, werde jetzt verschwinden. Mirko und ich gehen ins Moquito, dort lässt es sich besser reden. Es ist auch nicht ganz so laut, und außerdem habe ich schon wieder hunger.«

»Vielfraß! Ich wünsche dir viel Spaß, ich warte hier, dass Christian Feierabend hat. Ich gehe mit zu ihm.«

»Pass auf dich auf! Du kennst ihn nicht.«

»Du deinen Mirko genauso wenig! Telefonieren wir morgen Nachmittag?«

Sie nickt, Hand in Hand verlassen Mirko und Marie das Lokal.

Ich vertreibe mir die Zeit mit Tanzen, der DJ spielt >>Rockstroh mit Tanzen<<. So laut ich kann, singe ich mit. Ich liebe dieses Lied. Ich drehe mich, springe von einem Bein aufs andere und zeige bei den Sätzen: >>Ich habe Zeit und Lust mal auszuprobieren, die üblichen Dinge zu ignorieren<<, auf Christian. Er grinst und wirft mir eine Kusshand zu. Nach dem ich zu noch ein paar anderen Songs getanzt habe, kehre ich verschwitzt und ausgepowert zur Bar zurück. Christian wäscht gerade ein paar Gläser ab.

»Ich bin gleich fertig, dann können wir los.«

Verwundert sehe ich auf die Uhr, es ist erst kurz nach Mitternacht.

»Jetzt schon? Warum denn das?«

»Schau dich mal um, wir werfen die 3 verbliebenen Leute jetzt hinaus, es lohnt sich nicht, weiter zu machen.«

Zufrieden grinse ich, ich bekomme schneller Sex, als ich gedacht habe!

Die Musik verstummt und der große Kerl vom Eingang verkündet den Feierabend.

Als er sich dann bedrohlich vor mir aufbaut, bekomme ich es wieder mit der Angst zu tun.

»Ich wusste von Anfang an, dass du Schwierigkeiten machen würdest, schwing deinen kleinen süßen Arsch hier raus!«

»Aber ich, ähm, warte doch nur«,

»Raaaaaaaus!«

Brüllt er.

Ich drehe mich um und gehe auf den Ausgang zu, als ich Christian sprechen höre.

»Sag mal, hast du nicht mehr alle Latten am Zaun? So spricht man nicht mit Frauen, sie wartet auf mich. Geh und tob dich woanders aus Frank."

„Tut mir leid, das kann ich doch nicht wissen.«

Schon steht Christian neben mir und gibt mir einen Kuss.

»Es tut mir wirklich leid, wie Frank mit dir umgesprungen ist! Er ist immer so …«

»Mach dir keine Gedanken, normalerweise, habe ich eine große Klappe, doch bei dem Brocken ist sie mir vergangen.«

Er lächelt, nimmt mich an die Hand und geht mit mir zur Tür hinaus.

Kapitel 8

Wir brauchen nur 5 Minuten bis zu seiner Wohnung. Er wohnt in einem der kleineren Wohnblogs beim alten Hallenbad. Er führt mich in den 2 ten Stock des Mehrfamilienhauses. Schon auf der Treppe kann er seine Finger nicht von meinem Hintern lassen. Er streichelt, fummelt, kneift und knetet ihn. Mein Verlangen nach ihm wächst von Stufe zu Stufe. Oben an der Wohnungstür angekommen baut er sich vor mir auf. Greift in meine Haare und zieht meinen Kopf zurück. Der Kuss, der folgt, lässt keinen Zweifel daran, dass er am liebsten hier und auf der Stelle mit mir schlafen will.

Als er sich näher an mich drückt, kann ich seine Erektion hinter dem Jeansstoff spüren.

»Schließ endlich diese Tür auf«, befehle ich.

»Sehr gerne«, grinst er.

Auf seinem schmalen Flur fange ich an, ihn auszuziehen. Ich fummel an seinem Gürtel und fluche leise, ich bekomme ihn nicht auf. Er kommt mir zu Hilfe und öffnet ihn genauso wie seine Jeans. Ich ziehe sie ihm über den Hintern bis zu den Knöcheln hinunter und er stiegt hinaus. Ich kann nicht anders, ich starrte auf sein Ding, groß und dick wölbt es sich gegen den dünnen Stoff seiner Boxershorts. Im Gegenzug zieht er mir mein Oberteil aus, mit einem gekonnten Griff, öffnet er meinen BH, das hat er definitiv nicht zum ersten Mal getan. Es dauert nur Sekunden bis wir beide Splitterfaser nackt voreinander stehen.

Wild küssend schiebt Christian mich in sein Schlafzimmer. Am Bett angekommen stößt er mich rücklings auf sein Bett.

Stürmisch fallen wir übereinander her, nach einer Weile kann ich nicht mehr sagen, wo er anfängt und ich aufhöre. Ich bin gefangen in der Situation und versuche nicht zu denken. Einfach nur zu genießen und mich seinen Bewegungen anzupassen. Ich weiß nicht, wie lange es gedauert hat, danach liegen wir verschwitzt und glücklich nebeneinander. Ich kuschel mich an ihn heran und lausche dem Klopfen seines Herzens. Für einen Moment schließe ich die Augen, das war ein intensiv Sex Kurs.

Es dauert nicht lange und ich schlafe ein, Christian weckt mich, als er sich von mir losmacht.

»Ich gehe Duschen«, flüstert er, »schlaf ruhig noch ein wenig!«

Ich kuschel mich in die Kissen, aber an Schlaf ist nicht zu denken. Ich stehe auf und gehe dem Geräusch des rauschenden Wassers nach.

Ohne zu fragen, kletter ich in die Dusche und schmiege mich an ihn. Ich brauche nichts sagen, Christian versteht sofort, was ich von ihm will. Er umfasste meinen Hintern, hebt mich hoch und lehnt mich mit dem Rücken gegen die Fliesen. Der Sex hat gehalten, was der Kuss in der Bar versprochen hat, Christian ist wirklich gut.

»Das habe ich wirklich noch nie erlebt«, erklärt er wenig später außer Atem.

»Normalerweise brauche ich länger«, versichert er mir.

Ich nicke nur, ich bin nicht bereit, ihm von den fehlenden Orgasmen in meinem Leben zu erzählen. Natürlich würde ich mir wünschen, dass es uns gelingt, dieses Verlangen aufrechtzuerhalten und eine dauerhafte Beziehung drum herum zu spinnen. Allerdings bin ich alt genug um zu wissen das, das nicht klappen wird. Wenn etwas so anfängt, ist es nicht von Dauer. Außerdem ist er, rein vom Optischen, nicht mein Typ.

Normalerweise stehe ich auf große schlanke Männer mit hellen braunen Haaren und grünen Augen.

Christian hingegen ist in etwa so groß wie ich, durchtrainiert, mit braunen Augen und blonden Haaren.

Als er anfängt, meinen Körper einzuseifen, bekomme ich Lust auf noch eine Fortsetzung, doch ich halte mich zurück.

Frisch geduscht und in Handtücher gewickelt sitzen wir in seiner Küche und trinken Kaffee. Die Küche ist eher pragmatisch eingerichtet, es gibt nur wenig Arbeitsfläche, einen Herd mit eingebautem Kühlschrank und ein Abwaschbecken. Darüber wurden zwei Hängeschränke angebracht, die ihre besten Zeiten auch schon hinter sich haben. Die Farbe blättert ab und sie scheinen nicht besonders fest zu sein. Der kleine Tisch, an dem wir sitzen, trieft vor Dreck, man sieht die Kaffeetassenränder und Limoflecken. Gemütlich ist das nicht! Der Rest der Küche ist nicht besonders ordentlich, der Müll quillt über und es riecht nach kalter Asche. Ich habe nur den einen Gedanken: Ich muss so schnell wie möglich hier weg.

»Ich glaube, ich sollte nach Hause gehen, ich bin wirklich müde«, eine Ausrede, dennoch versuche ich, ihn nicht vor den Kopf zu stoßen. Ich hoffe wirklich, er schluckt den Köder und ich kann gehen.

»Du brauchst nicht gehen, bleib doch hier.«

Wir können doch den Rest der Nacht auch noch zusammen verbringen, mein Bett ist groß genug und du würdest mir eine große Freude machen.

Hin und her gerissen sehe ich ihn an. Was wenn ich mich irre und er doch der Mann für mich ist?

Vorsichtig lenke ich ein:

»Ist das dein Ernst?«

Christian nickt und in dem Moment, wo er mich hochziehen und mit zurück in sein Bett nehmen will, knurrt mein Magen so laut und vernehmlich das mein Gesicht rosa anläuft.

»Hast du Hunger«, fragt er leicht verwirrt.

Nein du Idiot, mein Magen knurrt, weil er will, dass deiner antwortet, ich schlucke die patzige Antwort hinunter und antworte stattdessen:

»Ja scheint wohl so, hast du etwas zu essen im Haus?«

Er schüttelt den Kopf.

»Dann lass uns ins Bett gehen.«

Entschuldigend zuckt er mit den Schultern.

»Ich esse nie zuhause, ich kann gar nicht kochen, der Herd ist nur Deko.«

»Oh, okay dann eben nur schlafen«, etwas verärgert stelle ich meine Tasse auf den Küchentisch und folge ihm ins Schlafzimmer.

Ich kuschel mich ins Kissen, schlinge die Decke um mich und schlafe sofort ein.

Geweckt werde ich wenig später, durch eine kalte Hand auf meiner Brust und einem leichten Biss in den Hals.

Da hat jemand wohl noch nicht genug, ich drehe mich auf den Rücken und wir schlafen noch einmal miteinander.

Nachdem Christian eingeschlafen ist, fängt er an zu schnarchen, leise stehe ich auf und suche meine Sachen zusammen. Ich weiß, dass ich bei der Lautstärke kein Auge zu bekommen werde und so entscheide ich mich, nach Hause zu gehen. Ich schreibe ihm noch einen Zettel:

»Es war wirklich schön mit dir, danke für den tollen Sex! Liebe Grüße Joy«

Als ich zuhause ankomme, ist es bereits neun Uhr morgens. Mir tun die Füße weh und ich bin hundemüde. Als ich vor meinem Bett stehe, lasse ich mich einfach hineinfallen, ich ziehe mich nicht einmal aus. Als ich wieder wach werde, ist es dunkel im Zimmer, mein Wecker zeigt an, das es bereits 22 Uhr ist. Ich fluche leise und stemme mich hoch.

Langsam quäle ich mich aus dem Bett und gehe in die Küche, ich brauche Kaffee. Auch wenn ich dann die Nacht wohl nicht schlafen kann, außerdem habe ich Hunger. Ich öffne den Kühlschrank, leider herrscht auch dort gähnende Leere. Ich habe wie so oft, vergessen einzukaufen.

Ich wähle die Nummer des Pizzaservices, doch es nimmt keiner ab, sie haben wohl schon geschlossen. Ich beschließe, duschen zu gehen und im Moquito etwas zu essen. Allerdings wird das Wasser nicht richtig warm und durch das Haarewaschen mit kaltem Wasser bekomme ich sofort Kopfschmerzen.

»Dann bleibe ich eben zuhause und verhungere«, mecker ich vor mich hin.

Als ich mir in der Küche einen Kaffee eingieße, erblicke ich die Pizzaschachteln und den halb aufgegessenen Salat von gestern Abend. Ob aufgewärmte Pizza schmeckt? Egal alles ist besser, als zu verhungern. Ich lege alles auf einen Teller und stelle es in die Mikrowelle. Der Salat, der schon leicht matschig in der kleinen Plastikschale schwimmt, schmeckt noch ausgezeichnet und auch die Pizza kann man noch essen.

Ich schwöre mir, dass mir das nie wieder passieren wird. Nach dem Essen mache ich mir noch einen Kräutertee, von dem ich mir erhoffe, dass er die Kopfschmerzen lindert.

Während ich warte, dass ich fit werde, logge ich mich ins Dateluck ein. Ich habe 82 Benachrichtigungen. Unteranderem wurde ich zu der nächsten »Sag – was – du – willst – Party« eingeladen. Doch das tue ich mir nicht noch einmal an. Ich klicke auf »Absagen.«

Als ich mir die nächsten Benachrichtigungen ansehe, erstarre ich, ich werde in vielen Kommentaren erwähnt. Ich klicke darauf, alle Kommentare sind aus der Fangruppe.

»Sag – was – du – willst - Party«,

Christian hat mich ein ums andere Mal markiert. Mich beschleicht ein komisches Gefühl, er wird doch nicht öffentlich gemacht haben, was wir letzte Nacht angestellt haben, Oder doch? Mit zitternden Fingern scrolle ich mich durch seinen Post.

»Ich war gestern auf der Party und die Schilder Sache ist was ganz tolles, ich lernte Joy Liebig kennen, wir verbrachten eine tolle Nacht zusammen. Sie braucht die nächste Party nicht, denn sie hat jetzt mich«, lese ich. Das ist doch lächerlich, wie kann er mich nur so blamieren? Ab und an bin ja selbst ich von der schnellen Truppe, denke das ist er, den gebe ich nicht mehr her. Das ist mein Traummann. Aber nie, nie, würde ich das gleich öffentlich machen. Natürlich ist die Vorstellung, jemanden an seiner Seite zu haben, die schönen Dinge zu genießen, zu heiraten und Kinder zu bekommen verlockend. Aber wie oft musste ich schon feststellen, dass ich mich nicht in den Mann, mit dem ich mich gerade treffe, verliebt habe, sondern in die Liebe selbst?

Okay, ich gebe zu, bei Michael habe ich mich ähnlich verhalten, ich war so euphorisch, dass ich gedacht habe, wir sind füreinander bestimmt. Dass es Männer gibt, die genauso bescheuert sind wie ich, hätte ich im Leben nicht gedacht. Doch Simon beweist es ja gerade. Wie komme ich da bloß wieder raus?

Fieberhaft überlege ich, ob ich letzte Nacht irgendwelche Versprechungen gemacht habe, ich gehe Minute um Minute noch einmal durch. Doch erinnern kann ich mich nicht. Vielleicht ist er wirklich, einfach nur total glücklich. Wer weiß, vielleicht bin ich in seinen Augen etwas ganz Besonderes. Aber er sollte wissen, dass jemand, der mehr will, nicht einfach klamm heimlich nach Hause verschwindet.

Frustriert schreie ich den Laptop an und schüttel ihn. »Ruhig, ganz ruhig, davon geht die Welt nicht unter«, denke ich. Allerdings fühlt es sich genauso an. Mein Herz pocht so schnell in meiner Brust, dass ich Angst habe, es könnte herausspringen. Ich lege die Hand darauf und versuche langsam und ruhig zu atmen. Es dauert eine Weile, aber ich schaffe es.

Kapitel 9

Meine Kopfschmerzen sind wie weggeblasen. Ich stehe auf und renne von der Küche ins Wohnzimmer. Hinüber ins Schlafzimmer und wieder zurück. Meine Gedanken wirbeln Durcheinander, ich weiß nicht, was ich tun soll. Ich will keine Beziehung mit diesem Mann, klar er ist superlieb und gut im Bett ist er auch, doch irgendetwas fehlt. Irgendwas Entscheidendes, von dem ich nicht genau weiß, was. Ich kehre zu meinem Laptop zurück. Er hat mir eine Freundschaftsanfrage geschickt, ich nehme sie an und sofort öffnet sich das Chatfenster.

»Hey Sonnenschein, ich habe dich beim Aufwachen vermisst! Wann bist du denn gegangen? Kann ich zu dir kommen? Oder magst du wieder herkommen? Ich vermisse dich.«

Verdammter Mist. Was soll ich bloß schreiben? Lass mich in Ruhe? Hör auf mich zu Stalken? Nein ich glaube, das ist der falsche Weg!

»Hi Christian, ich glaube, wir sollten reden! Aber nicht mehr heute, ich muss ins Bett. Morgen muss ich wieder arbeiten! Ich melde mich dann!"

„Hey warte mal, was soll das heißen wir müssen reden aber nicht mehr heute?«

Ich verdrehe die Augen, habe ich nicht geschrieben, dass ich morgen früh raus muss? Da habe ich mir ja ganz schön was eingebrockt.

»Bitte, ich muss jetzt wirklich ins Bett. Gedulde dich bis Morgen Abend, ich melde mich. Versprochen.«

Ohne auf eine Antwort zu warten, logge ich mich aus und klappe den Laptop zu. Ich ziehe mir meinen Schlafanzug an, lege mich ins Bett und schalte den

Fernseher ein. Ich weiß, dass ich versuchen sollte zu schlafen, doch mein Kopf gibt keine Ruhe, die Gedanken wirbeln immer noch durcheinander.

Ich weiß nicht wann, doch ich schlafe tatsächlich ein. Mein Wecker klingelt pünktlich um sieben Uhr.

Ich stehe auf und fühle mich wie gerädert. Nur schwer komme ich aus dem Bett. Doch zu spät zur Arbeit kommen will ich nicht.

Ausnahmsweise lasse ich den Laptop aus, ich will nicht sehen, wie viele Nachrichten mir Christian gestern noch geschickt hat. Ich will mir den Tag nicht ruinieren.

Wie es wohl Marie ergangen ist? Ich hoffe, sie hat den besseren Deal gemacht. Ich gehe ins Bad, um zu testen, ob das warme Wasser zurück ist, ich habe Glück und dusche ausgiebig.

Ich brauche eine halbe Stunde, bis ich das Gefühl habe, Christian von mir abgewaschen zu haben.

Als ich etwas später den Laden betrete, kann ich Marie hinten in der Backstube fluchen hören.

»Marie? Ist alles in Ordnung«, rufe ich und eile zu ihr, ich befürchte, dass ihr etwas passiert ist.

»Marie?«, rufe ich noch mal, aber ich bekomme keine Antwort. Als ich bei ihr angekommen bin, sitzt sie auf dem Boden und weint. Um sie herum liegen Brötchen verstreut, dass Backblech liegt neben dem Backofen. Ich hocke mich neben sie und nehme sie in den Arm.

»Ist alles in Ordnung? Was ist denn passiert?«

»Mirko ist passiert«, schluchzt sie.

»Ich war für ihn nichts weiter als ein One-Night-Stand. Nachdem wir bei ihm waren, haben wir noch ewig gequatscht, ich fühlte mich so wohl. Als es dann zu

Sache ging, war ich im Himmel, er war so lieb, so zärtlich.«

Sie atmet tief durch und wischt sich eine Träne von der Wange.

»Als er fertig ist, steht er auf, er hat nicht mal darauf geachtet, ob ich auch mein Vergnügen hatte. Er zog einfach sein Ding durch. Nachdem er zurückkam, dachte ich, wir würden kuscheln, zusammen einschlafen oder sogar weiter machen. Aber nichts! Er gab mir meine Klamotten und verlangte, dass ich gehe.«

»Das tut mir so Leid für dich. Wirklich, so ein Dreckskerl.«

Mehr brauche ich nicht sagen, Marie stürzt sich in meine Arme und weint, mein T-Shirt ist schon nach kurzer Zeit völlig durchnässt. Beruhigend streiche ich ihr über den Rücken.

»Geh nach Hause, ich schaffe das hier auch alleine.«

Marie richtet sich auf und schüttelt den Kopf.

»Nein, ich bleibe, aber ich möchte heute Vormittag bitte nicht bedienen, ich mache hier sauber, wenn das für dich in Ordnung ist! Du weißt doch, er kommt jeden Morgen hier frühstücken.«

»Natürlich, ich spucke ihm in den Kaffee, wenn er heute hier auftaucht.«

»Das wirst du nicht. Er soll nicht wissen, dass er mir mit seinem Verhalten wehgetan hat.«

Sie hat Recht!

Die Leute kommen heute scharenweise in den Laden und binnen weniger Stunden müssen wir neue Brote und Kuchen nachbestellen. Mark lässt sich allerdings nicht blicken. Ich schiebe das auf sein schlechtes Gewissen und hoffe, er taucht nie wieder hier auf.

Im Laufe des Tages habe ich einen Entschluss gefasst. Ich will Christian vorsichtig aber bestimmt klar machen, dass wir kein Pärchen sind. Dass es für mich eine einmalige Sache bleiben wird und ich mich nicht umstimmen lasse.

Kapitel 10

Zuhause angekommen ziehe ich mir meinen bequemen Jogginganzug an und mache es mir, zusammen mit meinem Laptop, vor dem Fernseher gemütlich. Als ich mich abermals im Dateluck eingeloggt habe, sehe ich, dass mein Postfach überquillt. 54 Nachrichten, alle von Christian. Um in Ruhe Lesen zu können, schalte ich den Chat aus. Ich atme dreimal tief durch und öffne die Nachrichten.

»Joy, bitte geh nicht! Wir müssen reden. Was soll das? Wo bist du? Willst du mich ärgern?«

So geht es immer und immer weiter. Seine Nachrichten werden immer drängender, er lässt nicht locker. Ich klicke in das Feld zum Schreiben:

»Hallo Christian, nicht das es dich etwas angehen würde aber ich war im Bett und dann arbeiten. Wir müssen wirklich reden aber persönlich! Wann hast du Zeit?«

Kaum das ich die Nachricht abgeschickt habe, antwortet er auch schon.

»Für dich habe ich immer Zeit, du weißt, wo ich wohne. Komm vorbei.«

Das lasse ich mir nicht zweimal sagen. Ich tippe:

»Bis gleich.«

Dann ziehe ich mich wieder an und mache mich auf in die Höhle des Löwen. Mein Gefühl sagt mir, dass ich besser zuhause bleiben, oder mich, wo anders mit ihm treffen soll. Doch ich ignoriere es. Mir ist wichtig die Sache schnell und ohne Komplikationen über die Bühne zu bringen. Als ich vor seiner Haustür angekommen bin, starre ich auf die Klingelschilder. Mir wird bewusst, dass ich nicht mal seinen

Nachnamen kenne, und drücke einfach auf alle Klingeln. Als der Summer gedrückt wird, rufe ich in die Stille:

»Danke und entschuldigen sie bitte die Störung.«

Ich höre, wie Türen zu geschmissen werden, und stiege die Stufen bis in den zweiten Stock hoch. Ich kann nicht anders, bei dem Gedanken an die vorletzte Nacht muss ich schmunzeln. Oben angekommen klopfe ich an Christians Wohnungstür. Als er mir öffnet, strahlt er, doch als er mich in die Arme nehmen will, gehe ich einen Schritt zurück.

»Keine Umarmungen«, wehre ich ab.

Verdattert starrt er mich an, nach kurzer Zeit zuckt er mit den Schultern und lässt mich vorbei. Mein ungutes Gefühl wird von Sekunde zu Sekunde schlimmer. Ich versuche, es weiter zu ignorieren. Wie schlimm kann diese Aussprache schon werden? Ich zwinge mich, ruhig zu bleiben, und stecke meine zitternden Hände in die Hosentaschen.

»Möchtest du etwas trinken? Ich könnte dir einen Cocktail mischen, ich habe alles da, was man braucht.«

»Nein danke, ich möchte nichts trinken, ich muss auch gleich wieder gehen! Ich bin nur hier um etwas klarzustellen.«

Ich sehe mich in seiner Küche um, meine Kaffeetasse steht immer noch dort, wo ich sie abgestellt habe.

»Du brauchst gar nichts sagen. Mir ist klar, dass ich dich unter Druck gesetzt habe! Das ist nicht in Ordnung und ich entschuldige mich dafür! Ich gebe dir so viel Zeit, wie du brauchst! Uns drängt ja nichts.« Ein Lächeln huscht über sein Gesicht.

»Nur würg mich nie wieder so ab wie gestern Abend! Das kann ich nicht leiden.«

Bei den letzten Worten hat sich seine Stimme verändert, sie klingt gefährlich! Ich wage nicht, zu widersprechen. Zumindest nicht jetzt, soll er erstmal sein ganzes Pulver verschießen.

»Christian machst du mir bitte eine Bahama Mama? Ohne geht es doch nicht.«

Nervös tippel ich von einem auf das andere Bein.

»Was geht nicht ohne?«

Christians Stimme klingt wieder zärtlich.

»Naja, es gibt da noch so einiges zu besprechen! Oder meinst du, es ist alles geklärt?«

»Ja! Ich habe doch gesagt, ich gebe dir Zeit!«

Seufzend setzte ich mich auf denselben Stuhl wie letztes mal. Ich versuche, meine Stimme sanft klingen zu lassen, und zu lächeln, obwohl mir nicht danach ist. Ich habe Angst, in der Luft liegt etwas Bedrohliches. Ich kann es nur nicht richtig einordnen, weiß nicht, wie ich dagegen angehen kann.

»Wir werden sehen, bekomme ich einen Cocktail?«

Meine Stimme zittert leicht, ich hoffe, Christian bemerkt es nicht. Er sieht mir fest in die Augen und lächelt.

»Natürlich Sonnenschein.«

Er verlässt die Küche nur um wenige Minuten später mit unseren Cocktails zurückzukommen. Eins muss man ihm lassen, er versteht sein Handwerk. Der Cocktail schmeckt sehr gut.

Ich versuche erneut, das Gespräch auf unsere nicht vorhandene Beziehung zu lenken.

»Wie lange bist du denn schon Single?«

»Drei Jahre, Heike hat sich einfach so aus dem Staub gemacht, ohne ein Wort. Eines Abends war sie verschwunden.«

»Oh das tut mir leid.«

»Brauch es nicht, sie hat mich sowieso nur ausgenutzt. Ich war froh, als es vorbei war.«

So wie er guckt, kann ich ihm das nicht so Recht glauben. Seine Augen haben sich verändert, sie sind zu schlitzen geworden und der Mund ist seltsam verzogen. Die Hände sind zu Fäusten geballt.

Meine Angst wächst, ich überlege fieberhaft, wie ich seine Wohnung verlassen kann, ohne ihn noch wütender zu machen. Doch mir fällt keine Ausrede ein, die mein sofortiges Verschwinden plausibel erklären kann.

»Aber jetzt ist alles egal, ich habe jetzt dich, mehr brauche ich nicht. Habe ich dir schon mal gesagt, wie wunderbar du bist?«

Ich schüttel den Kopf und nippe an meinem Getränk.

»Du hast doch gesagt, du willst mir Zeit geben oder?«

»Ja, das war auch mein Ernst! Warum fragst du?«

»Ich habe heute den ganzen Tag im Laden gestanden, ich möchte nach Hause gehen, duschen und ins Bett fallen«, weiche ich seiner Frage aus.

»Dazu brauchst du doch nicht nach Hause gehen, du kannst hier duschen und mein Bett kennst du ja schon.«

Ich werde das Gefühl nicht los, das er mich nicht gehen lassen will.

»Ich habe doch nichts zum Anziehen da, und die Arbeitskleidung auch nicht. Nein, ich möchte nach Hause, wir können ...«,

Ich muss mich zwingen, die nächsten Worte auszusprechen.

»Wir können uns ja morgen nach der Arbeit wiedersehen.«

Ich will einfach nur weg, raus aus dieser schmuddeligen Küche, weg von Christian, der mir mit einem Mal so gefährlich vorkommt. Ich habe schweißnasse Hände und das Gefühl, das mein Blut kocht. Langsam stehe ich auf, und versuche mich an ihm vorbei zu schieben. Als ich halb um den Esstisch gegangen bin, springt Christian auf und baut sich vor mir auf.

»Du gehst nirgendwo hin. Setz dich sofort wieder dahin«, mit seiner Hand weist er auf den Stuhl, auf dem ich eben noch gesessen habe.

»Aber ich … ich habe dir doch erklärt, dass ich …«, stotter ich.

»Ich habe gesagt, du sollst dich hinsetzen!«

Kleine Spucketropfen schießen aus seinem Mund, er sieht mich wütend an und hebt eine Hand, so als wollte er mich schlagen.

Fassungslos starre ich ihn an.

»Ich geh jetzt!«

Sage ich mit fester Stimme, zu meiner Überraschung kann man die Angst darin gar nicht hören. Ich mache noch einen Schritt auf ihn zu, doch er stößt mich zurück. Mit dem Rücken knalle ich gegen die hinter mir liegende Fensterbank. Durch den Aufprall wird die Luft aus meinen Lungen gepresst und mir schießen die Tränen in die Augen.

Für einen Moment sacke ich auf dem Boden zusammen.

Ich versuche langsam tief ein und auszuatmen, was mit zuerst nicht gelingt, mein Hals ist wie zugeschnürt. Als sich mein Herzschlag beruhigt hat, kann ich den ersten tiefen Atemzug machen.

Vorsichtig blicke ich Christian an, sein Gesicht ist
wutverzerrt, auch er atmete schwer.

»Bist du bescheuert«, keuche ich.

»Habe ich dir nicht gesagt, du sollst dich hinsetzen?«
Christian fährt sich mit den Händen durch seine Haare
und geht unruhig auf und ab. Mit erhobenem
Zeigefinger beugt er sich zu mir hinunter,

»Und jetzt tue was ich dir gesagt habe, SETZ DICH
AUF DEN STUHL!«

Ich versuche aufzustehen, schaffe es aber nur auf die
Knie, mir tut der Brustkorb weh. Ich habe das Gefühl
von innen zerrissen zu werden.

»Ich kann nicht aufstehen«, jammere ich.

Ich halte mir die rechte Seite, dort tut es am meisten
weh, und versuche den Schmerz weg zu atmen.

»Bitte lass mich gehen«, bettel ich.

Christian stellt sich vor mich, und ehe ich mich
zusammenrollen kann, tritt er mir in den Bauch. Ich
schreie vor Schmerzen laut auf.

Ich versuche mich in Sicherheit zu bringen, unter den
Tisch zu kriechen, um von dort zur Tür zu laufen.
Doch je mehr ich mich bewege, umso fester tritt
Christian zu. Es bliebt mir nichts anderes über, als
mich so klein wie möglich zusammenzurollen und
meinen Kopf mit den Armen abzuschirmen.

Irgendwann kann ich nicht mehr denken, nichts mehr
fühlen, ich warte einfach auf mein Ende. Erst als er mit
seinem Schuh einen Weg durch meine Deckung findet
und mit einem gezielten Tritt mein Gesicht
zertrümmert, jammer ich erneut auf.

Mein Mund füllt sich mit Blut, ich erbreche mich auf
seine Füße und bekomme noch einen Tritt. Sofort
schmecke ich wieder Blut, ich versuche durch die Nase

zu atmen, doch auch das gelingt mir nicht, sie scheint gebrochen und angeschwollen zu sein. Ich bekomme Panik, ich will nicht sterben. Je mehr ich versuche, ihm zu entkommen umso fester tritt und schlägt er zu. Ich wimmere und versuche trotzdem davon zu kriechen, unter den Tisch, in der Hoffnung von dort aus, irgendwie zur Wohnungstür zu kommen. Auch wenn ich nicht weiß, ob meine Beine mich tragen. Irgendwas muss ich unternehmen.

Als Christian eine Pause macht, sehe ich zu ihm auf, seine Hände sind immer noch zu Fäusten geballt, der Brustkorb hebt und senkt sich schnell. Der Kopf ist rot vor Anstrengung und speichel rinnt ihm aus dem Mundwinkel. Ich blinzel, um besser sehen zu können doch es nützt nichts, auch meine Augen sind geschwollen, der Blick verschleiert, hoffentlich werde ich nicht blind. Jeder Atemzug tut weh, ich versuche, mich aufzurichten, sacke aber vor Schmerzen sofort zurück auf den Boden.

»Bitte«, bettel ich erneut, »lass mich gehen!«

»Halt die Fresse! Du gehst nirgendwo hin! Du gehörst mir.«

Christian reißt mich an den Haaren hoch, die Welle der Schmerzen, die durch meinen Körper fährt, ist unerträglich. Mir wird übel und ich erbreche mich erneut über seine Schuhe.

»Wie eklig bist du eigentlich«, schreit er mich an, holt aus und schlägt mir erneut ins Gesicht. Alles brennt wie Feuer, ich fühle mich fiebrig, aus meinem Mund rinnt immer noch Blut. In blinder Wut schlägt und tritt er immer wieder auf mich ein. Es scheint kein Ende zu nehmen.

Irgendwann wird alles schwarz vor meinen Augen.

»Bitte lieber Gott, lass mich sterben«, murmel ich noch, dann wird alles um mich herum dunkel.

Als ich wieder zu mir komme, ist es dunkel im Raum, ich lausche angestrengt, wo ist Christian? Ich höre weder den Fernseher noch sonst etwas nur das leise Ticken der Küchenuhr.

Vorsichtig krieche ich vorwärts, penibel darauf achtend keinen Laut von mir zu geben. Ich fürchte, dass Christian sonst da weiter macht, wo er aufgehört hat. Als ich die Küchentür erreicht habe, sehe ich mich um, ich kann ihn nirgendwo entdecken. Ich versuche, auf die Beine zu kommen und den Schmerz zu ignorieren, ich muss hier schleunigst weg. Mühsam rappel ich mich hoch, meine Beine zittern, sie drohen unter meinem Gewicht nachzugeben. Ich zwinge mich stehen zu bleiben, immer und immer wieder denke ich: »Halte durch, gleich bist du draußen, du musst hier weg, also reiß dich zusammen!«

Ich taste mich an der Wand entlang, so schnell ich kann, nähere ich mich der Tür. Als ich sie erreicht habe, drücke ich die Klinke hinunter und bin erleichtert, Christian hat nicht abgeschlossen.

Ich lasse die Tür offen um unnötige Geräusche zu vermeiden, auch das Licht im Treppenhaus schalte ich nicht ein. Ich will nicht, dass Christian mich im letzten Moment doch noch entdeckt. Bei jedem Schritt habe ich das Gefühl Messer würden in meinen Körper gerammt. Das Atmen fällt mit jedem Schritt schwerer. Warum bin ich nicht gestorben? Dann hätte ich jetzt wenigstens keine Schmerzen!

Es kostet mich meine ganze Willenskraft, meinen Weg fortzusetzen. Als ich endlich die Haustür erreicht habe, und draußen auf der Straße stehe, setzte ich mich auf die halbhohe Mauer.

Ich suche in meiner Hosentasche nach meinem Handy, doch ich kann es nicht finden. Ich habe es wohl verloren, oder Christian hat es mir weggenommen. Ich weiß es nicht genau.

Leise fange ich an zu weinen, ich brauche Hilfe, doch wie soll ich sie rufen?

Ich raffe mich noch einmal auf, ich muss zum nächsten Haus gelangen und dort um Hilfe bitten.

Die Straßenlaternen bieten nur spärliches Licht, es leuchtete nur jede zweite Lampe. Ich gehe leicht gebückt an der Mauer entlang, ich brauche etwas zum festhalten. Ich weiß nicht, wie lange mich meine Füße noch tragen.

Niemand ist auf den Straßen unterwegs, kein Auto, kein Fahrrad, kein Fußgänger. Wie spät ist es denn zum Teufel?

Am nächsten Haus gibt es vier Klingelschilder, die Namen darauf sagen mir nichts, was soll ich nur tun? Welche soll ich betätigen?

Kurz entschlossen drücke ich sie alle, immer und immer wieder und lange! Es passiert nichts, ich möchte schreien, doch aus meiner Kehle dringt kein Laut. Ich versuche es noch einmal, ich drücke ein und dieselbe Klingel immer und immer wieder. Mal lang, mal kurz mal ununterbrochen.

»Bitte, bitte, bitte«, beschwöre ich das Klingelschild, »bitte ich brauche Hilfe!«

Endlich höre ich den Summer, ich lehne mich gegen die Tür und drücke sie auf.

»Bitteeeeeeeeeee«, schreie ich und breche zusammen.

Ich höre, wie jemand die Treppe hinunter gerannt
kommt und sich neben mich setzt.
Ich höre, wie er mit jemandem spricht und dann wieder
mit mir.
»Keine Angst, ein Krankenwagen ist unterwegs!«
Ich bin erleichtert und verliere das Bewusstsein.

Kapitel 11

Als ich wieder erwache, traue ich mich zuerst nicht, die Augen zu öffnen. Meine Schmerzen sind erträglich, und auch wenn ich mich nicht bewegen kann, weiß ich, dass ich noch lebe.

Ein leises Piep, Piep, Piep gibt den Rhythmus meines Herzens wieder. Als ich eine Hand auf meiner Schulter spüre, zucke ich zusammen, zu groß ist die Angst, immer noch in Christians Nähe zu sein.

»Johanna? Johanna hören sie mich?«

Die Stimme ist mir fremd, ich öffne die Augen und sehe in das Gesicht eines Mannes mit blauen Augen, die Haare sind grau und er lächelt.

»Sie sind in Sicherheit. Hier wird ihnen nichts geschehen, sie hatten verdammtes Glück.«

Ich versuche zu nicken, Tränen rinnen mir über die Wangen, ich bin erleichtert.

Ich versuche zu sprechen, doch mein Hals ist zu trocken, ich bringe nicht ein Wort heraus.

»Sie brauchen nichts zu sagen, ruhen sie sich aus. Die Polizei wird sie nachher noch befragen wollen, doch jetzt schlafen sie weiter.«

Ich nicke und schlafe wieder ein. Ich träume wirr, werde verfolgt, geschlagen und gedemütigt.

»Johanna, Johanna bist du wach? Geht es dir gut? Was ist passiert?«

Verwundert schlage ich die Augen auf, warum ist meine Mutter hier? Warum klingt ihre Stimme so besorgt? Ich öffne meine Augen und es fällt mir wieder ein, ich wurde verprügelt und liege im Krankenhaus. Wie viel Zeit ist wohl seit dem Angriff vergangen?

Meine Mutter hat Tränen in den Augen und streicht mir über den Arm.

»Was ist denn nur passiert? Bitte rede mit mir! Wurdest du überfallen?«

Ich schüttel den Kopf, dass alles, ist mir sehr peinlich. Ich bin doch selber Schuld an der Sache! Ich bin zu ihm in die Wohnung gegangen, ich war mit ihm im Bett, obwohl ich ihn nicht kannte.

Alles hätte anders ausgehen können, wenn ich nicht so blöd und naiv gewesen wäre. Das ist das Schlimmste an der Situation, wieder rinnen mir Tränen über die Wangen. Meine Mutter wischt sie vorsichtig weg.

»Nicht weinen Liebes, alles wird gut.«

Ich wünschte, ich könnte die Zeit zurückdrehen, blöde Party, blödes Dateluck, verfluchte Welt.

Ich glaube nicht, dass alles wieder gut wird. Sobald Christian mitbekommt, dass ich mit der Polizei geredet habe, ist mein Leben vorbei. Er wird sich rächen und dann komme ich nicht so glimpflich davon.

Meine Mutter redet weiter ermutigend auf mich ein, als die Tür aufgerissen wird, zucke ich zusammen und dann noch einmal, weil es Schmerzen in der Brust verursacht.

Herein kommt der nette Arzt von vorhin, begleitet wird er von einem Polizisten. Mein Herzschlag beschleunigt sich, das Piep, Piep, Piep, der Maschine beschleunigt sich ebenfalls.

Ich werfe einen Blick auf den Monitor. Meine Herzfrequenz liegt bei 145, viel zu schnell. Der Arzt stellt sich links von mir und berührt mich am Arm. Ich kann seine Berührung nicht ertragen. Mein ganzer Körper wird stocksteif.

»Johanna beruhigen sie sich, es wird ihnen nichts geschehen, das versichere ich ihnen. Sie haben drei gebrochene Rippen, verschiedenste Prellungen, einen gebrochenes Joch- und- Nasenbein. Sie hatten Glück im Unglück, es wurden keine Organe verletzt, jetzt ist es wichtig, das sie der Polizei sagen, wer ihnen das angetan hat!«

»Ich kann nicht«, krächze ich, »ich weiß nicht …«

Weiter komme ich nicht, meine Stimme versagt. Meine Mutter drückt meine Hand,

»Kind, bitte ich glaube dir nicht. Du weißt, wer dir das angetan hat.«

Jetzt meldet sich auch der Polizist zu Wort.

»Frau Liebig, wenn sie uns nicht sagen, wer sie verletzt hat, können wir nicht für ihre Sicherheit garantieren, außerdem müssen sie an die anderen Frauen denken, was wenn er es wieder tut?«

»Christian«, mehr kann ich nicht sagen, mir versagt wieder die Stimme, ich bin unendlich müde und will nichts weiter als schlafen.

Ich schließe die Augen und ich sinke in einen traumlosen Schlaf.

In meiner nächsten wachen Phase bin ich allein im Raum, ich sehe mich um, außer dem Monitor steht noch ein Ständer mit durchsichtiger Flüssigkeit neben meinem Bett. Der kleine Schlauch, durch den die Infusion läuft, ist an meinem Arm befestigt.

Mittlerweile habe ich mich auch an das Piepen gewöhnt. Es beruhigt mich und ich schlafe weiter.

»Johanna wachen sie auf.«

Die Stimme gehört zu dem netten Doktor, ich schlage die Augen auf und blinzel, das helle Licht im Zimmer tut mir in den Augen weh.

»Draußen vor der Tür steht eine Beamtin, sie möchte ihnen einige Fragen stellen, ich bitte sie, beantworten sie alle. Es wurde noch eine Frau verprügelt.«

»Ich kann nicht. Wer hilft mir, wenn ich wieder zuhause bin? Wer beschützt mich?«

»Wenn er im Gefängnis ist, brauchen sie nicht beschützt werden.«

»Aber es war doch meine eigene Schuld! Ich habe mit ihm geschlafen!. Ich bin in seine Wohnung gegangen, um mit ihm zu sprechen.«

»Das gibt ihm noch lange nicht das Recht sie so herzurichten. Ich hole die Polizistin jetzt herein.«

In der Tür steht wenig später eine zierlich wirkende Polizistin mit Pferdeschwanz, der bei jedem ihrer Schritte mitwippt. Sie hat ein freundliches rundes Gesicht, blaue Augen und blonde Haare. Sie sieht vertrauenerweckend aus. Als sie neben meinem Bett steht, lächelt sie mich freundlich an.

»Wie geht es ihnen Frau Liebig? Sind sie bereit mir einige Fragen zu beantworten?«

Ich nicke schwach.

»Danke, kommen wir gleich zur Sache: Wer hat ihnen das angetan?«

»Christian!«

Die Polizistin schreibt den Namen in ein kleines Notizheft.

»Und weiter?«

»Das weiß ich nicht! Ich habe ihn auf einer Party getroffen, er war dort Barkeeper, ich bin mit ihm nach Hause gegangen und wir hatten Sex."

„Was war das für eine Party?«

Die Polizistin klingt zu nüchtern, ich ärgere mich über sie.

»Es war eine Dateluck - Party, sie hieß sag - was - du - willst - Party.«

Skeptisch hebt sie eine Augenbraue.

»Was ist der Sinn dieser Party?«

»Das zu finden, was man wirklich sucht!«

»Was haben sie gesucht?"

»Den Mann fürs Leben!«

»Okay, und sie dachten ihn in Christian gefunden zu haben?«

»Ja zuerst schon, doch nach dem Sex, besser gesagt, als ich wieder zuhause war, wusste ich, dass ich in ihm nicht das gefunden habe, was ich suche.«

Mein Gesicht läuft rot an, es ist mir peinlich, das alles zugeben zu müssen.

»Wo wohnt Christian? Können sie sich an die Straße erinnern?«

»Hafenstraße 23. Er wohnt im zweiten Stock.«

»Wie sieht er aus?«

»Circa 1,80 groß, blonde kurze Haare und blaue Augen.«

»Ich danke ihnen, wir melden uns, wenn noch Fragen auftauchen, gute Besserung.«

Ich bin erleichtert, doch die Angst will nicht weichen. Was wenn die Polizei Christian nicht erwischt? Was wenn er alles abstreitet? Ich heule schon wieder, ich bin so wütend auf mich, seit wann bin ich so eine Heulsuse?

»Sie waren sehr tapfer, ich danke ihnen Frau Liebig, machen sie sich keine Sorgen ich werde alles in meiner Macht stehende tun, um ihn zu erwischen.«

Das bezweifel ich nicht, dennoch frage ich mich, was passieren wird, wenn Christian erfährt, dass ich ihn angezeigt habe?

Nach dem die Polizistin gegangen ist, wende ich mich dem Arzt zu.

»Wann kann ich nach Hause gehen?«

»Sie sollten mindestens noch eine Nacht zur Beobachtung hierbleiben, gibt es jemanden den wir noch anrufen sollen?«

»Könnten sie bitte meine Freundin Sandra anrufen? Sandra Neuer, sie steht im Telefonbuch, ich glaube aber der Anschluss läuft auf den Namen ihres Mannes Simon. Wie heißen sie eigentlich?«

»Ich werde mein Möglichstes tun, ihre Freundin zu verständigen, mein Name ist Dr. Markus Schmidt. Haben sie Hunger? Möchten sie etwas essen?«

Ich schüttel den Kopf, ich will schlafen, schlafen und vergessen.

»Dann lasse ich sie jetzt alleine.«

Bevor er das Zimmer verlässt, dreht er sich noch einmal um und lächelt mich an.

Ich kann nicht schlafen, in meinem Kopf wirbeln die Gedanken durcheinander. Jedes Mal wenn ich Schritte auf dem Flur höre, befürchte ich, Christian kommt im nächsten Moment zur Tür herein und beendet sein Werk. Wenn die Tür aufgeht, zucke ich zusammen, werde stocksteif und suche eine Möglichkeit zu fliehen. Ich weiß nicht, wie viel Zeit vergangen ist, als Sandra zur Tür hereingestürmt kommt. Sie schmeißt ihre Handtasche auf einen der Stühle und eilt zu mir. Als sie mein Gesicht sieht, erstarrt sie und ihre Augen schwimmen in Tränen. Ungläubig schüttelt sie den Kopf.

»Oh nein, süße wie konnte das nur passieren? Ich dachte, die Schwester am Telefon wollte mich veralbern, als sie sagte, du wärst verprügelt worden und lägest im Krankenhaus! Wie geht es dir, hast du große Schmerzen? Kann ich dich umarmen oder tue ich dir damit weh?«

»Es geht mir soweit ganz gut. Ich schäme mich so«, Tränen rinnen über meine Wangen, ich kann nichts dagegen tun.

»Wieso habe ich nicht auf dich gehört? Wieso habe ich nicht erkannt, dass es so enden würde? Warum bin ich noch einmal zu ihm gegangen? Ich komme mir so blöd vor.«

»Hör auf, hör sofort auf, dir dafür die Schuld zu geben. Du kannst nichts dafür, Menschen kann man nur vor den Kopf gucken, nicht hinein. Woher solltest du denn wissen, dass er dich verprügelt?«

Im tiefsten Inneren weiß ich das sie Recht hat, doch ihre Worte dringen nicht bis zu meinem Gehirn vor.

»Wo ist Simon?«

»Der steht draußen, ich wusste nicht, ob du ihn sehen magst, aber er hat mich gefahren, du glaubst nicht, wie sehr er sich aufgeregt hat, als ich ihm erzählte, was dir zugestoßen ist.«

»Sag ihm er, kann rein kommen«, ich versuche zu lächeln, doch ich merke, dass es mir nicht wirklich gelingt.

»Ist das dein Ernst?«

Ich nicke,

»Zeit den Vater meines Patenkindes kennenzulernen.« Überschwänglich und glücklich nimmt Sandra mich in ihre Arme, das hat zur Folge, dass ich vor Schmerzen zusammenzucke, nur schwer kann ich einen Schrei unterdrücken. Sofort lässt Sandra mich wieder los.

»Es tut mir leid, daran habe ich nicht gedacht, alles in Ordnung?«

»Ja«, keuche ich.

»Es tut mir leid, wirklich das wollte ich nicht.«

»Schon gut, geh schon.«

Als Simon zur Tür hereinkommt, sehe ich, dass ihm nicht wohl ist. Er mustert mich besorgt, in diesem Moment fühle ich mich sehr verbunden mit dem Mann meiner besten Freundin.

Zulange war ich eifersüchtig auf das Glück der beiden. Ich weiß, dass es so nicht weiter gehen kann. Ich muss die Gefühle hinunter schlucken und vergessen.

Außerdem muss ich mein Leben von Grund auf ändern. Ein für alle Mal muss Schluss sein mit dem Internet.

Dass Simon hier ist und mir beistehen will, obwohl ich ihn nie besonders gut behandelt habe, öffnet mir die Augen.

»Wie geht es dir?« Fragt er mich, ich kann hören, wie unsicher er ist.

»Es muss, und wenn mich keiner in den Arm nimmt, habe ich auch kaum Schmerzen!«

Sandra stellt einen Stuhl rechts neben mich und setzt sich, Simon bliebt am Fußende des Bettes stehen.

Sandra nimmt meine Hand in ihre.

»Erzählst du uns, was passiert ist?«

Ich nicke, tonlos berichte ich ihnen, was ich bereits der Polizei erzählt habe. Ungläubig schüttelt Sandra den Kopf und drückt meine Hand so sehr, dass es schmerzt.

Die beiden verstehen meine Angst, noch mal von Christian angegriffen zu werden.

»Wenn du entlassen wirst, ziehst du erst mal zu uns! Bei uns bist du sicher.«

»Ist das dein Ernst, Simon? Darf sie wirklich zu uns?«

Überglücklich sieht meine beste Freundin ihren Ehemann an.

»Natürlich, wir stellen einfach die Klappcouch zurück ins Kinderzimmer.«

Sandra springt von ihrem Stuhl auf und fällt ihm um den Hals, sie bedeckt sein Gesicht mit küssen. Ich spüre wieder, wie die Eifersucht meine Kehle emporkriecht, mühsam schlucke ich es hinunter.

»Danke, aber das ist nicht nötig«, versuche ich zu widersprechen, doch Simon lässt mich nicht ausreden.

»Keine Widerrede, du kommst zu uns, bis du wieder ganz gesund bist!«

Ich gebe mich nach kurzem hin und her geschlagen. Ich habe nicht die Kraft dauerhaft für meine Sache zu kämpfen.

Kapitel 12

Sandra, Simon und meine Mutter halten abwechselnd an meinem Bett wache, was mich zunächst beruhigt. Nur selten werde ich von Albträumen geplagt. Wenn sich doch mal einer in meinem Schlaf schleicht, ist immer jemand da, an dessen Schulter ich mich ausweinen kann, der mich beruhigt. Immer, wenn ich aufstehe, um ins Bad zu gehen, vermeide ich es, in den Spiegel zu sehen. Ich will die blauen Flecken und die Schwellungen nicht sehen. Die Schwestern und Ärzte kümmern sich ebenfalls rührend um mich, wenn ich schmerzen habe, bekomme ich ein Mittelchen, das nicht nur die Schmerzen nimmt, sondern auch einen besonders erholsamen Schlaf mit sich bringt.

Fünf Tage später werde ich entlassen, Sandra und Simon halten Wort und holen mich in ihrem alten Corsa ab. Simon fährt und Sandra setzt sich freiwillig auf die schmale Rückbank.

Als wir bei ihnen ankommen, steht meine Mutter im Flur und hält Ballons, gefüllt mit Helium, in der Hand. Über der Tür zur Küche hängt ein Banner auf dem steht

>>wir haben dich vermisst<<

Es ist verziert mit Herzen. Ich bin überwältigt.

»Das ist noch nicht alles«, sagt Sandra hinter mir, »geh weiter in die Küche!«

Als ich bei meiner Mutter angekommen bin, nehme ich sie in die Arme und küsse sie. Vorsichtig tätschelt sie meinen Rücken.

»Sie haben ihn«, haucht mir sie mir ins Ohr.

Als ihre Worte zu meinem Gehirn vorgedrungen sind, geben meine Beine unter mir nach. Ich sacke auf dem Boden zusammen und weine vor Erleichterung.

Beruhigend knien sich alle neben mich und reden beruhigend auf mich ein.

Nach dem ich mich wieder gefangen habe setze ich meinen Weg in die Küche fort. Unsicher drücke ich die Klinke hinunter. Sie haben ein Festessen vorbereitet, der ganze Tisch steht voller Essen. Warme und kalte Speisen wechseln sich ab.

»Wer soll das denn alles essen?«, frage ich Sandra.

»Wenn du ins Wohnzimmer gehst, weißt du es!«

Verwirrt schüttel ich den Kopf, was hat das zu bedeuten?

»Geh schon«, fordert meine Mutter mich auf.

Im Wohnzimmer trifft mich fast der Schlag, dort stehen meine Kolleginnen, die nette Polizistin aus dem Krankenhaus, meine Oma und mein Opa (extra aus Essen angereist) und Tanten und Onkel. Alle gucken verunsichert als sie mich sehen und mustern mein Gesicht. Doch dann fangen alle an zu jubeln. Sie applaudieren, rufen mir aufmunternde Worte zu und nach und nach nimmt mich jeder in den Arm. Ich bin überwältigt.

Womit habe ich das verdient? Wäre ich nicht so blöd gewesen und mich mit dem FMZ (Fies-Moppel-Zwerg) einzulassen, müsste ich jetzt keinen 2 ten Geburtstag feiern.

Ich habe das alles nicht verdient. Ich breche in Tränen aus und renne, humpel aus dem Wohnzimmer und schließe mich im Gästebad ein.

Ich kann hören, wie alle durcheinanderreden. Als es an der Tür klopft, schrecke ich zusammen, ich habe immer noch eine Hand auf der Klinke, die andere ist um den Schlüssel gelegt.

»Johanna bitte komm raus.«

»Nein Mama, geh weg und hör auf mich Johanna zu nennen ich heiße Joy!«

»Du wirst immer meine kleine Johanna bleiben und jetzt komm da raus und lass uns deinen zweiten Geburtstag feiern!«

»Ich kann nicht«, jammere ich.

»Bitte schick alle weg! Wenn ich nicht so blöd gewesen und zu ihm gegangen wäre dann, bräuchten wir hier nicht stehen!«

»Kind, Oma Else und Opa Heinz sind extra aus Essen gekommen, bitte sprich doch wenigstens ein wenig mit den beiden! Die Fahrt war anstrengend genug.«

»Nein Mama!«

»Sandra? Sandra versuch du doch bitte, sie da rauszuholen.«

Ich kann hören, wie die beiden miteinander tuscheln.

»Joy? Lässt du mich rein?«

Ich zögere einen Moment, das ist doch garantiert ein Trick.

»Ich habe hier eine Flasche Sekt!«

Überredet, ich schließe die Tür auf und ziehe sie mit einem Ruck zu mir hinein, hinter ihr schließe ich wieder ab.

»Gib mir die Flasche.«

Wie eine Ertrinkende klammere ich mich an die grüne Flasche, und auch wenn meine Hand zittert, schaffe ich es, sie an meinen Mund zu führen. Ich nehme einen kräftigen Schluck.

»Geht es dir besser?«

Fragt Sandra, nachdem ich die Flasche wieder abgesetzt habe.

Ich antworte mit einem Rülpser. Wir sehen uns an und fangen wie Schulmädchen an zu kichern.

»Ich weiß, das du eigentlich keine Lust auf Party hast aber bitte komm mit raus, deine Mutter hat sich solche Mühe gegeben.«

»Gib mir fünf Minuten, ich habe noch etwas mit mir zu klären.«

Sandra zieht die Augenbrauen zusammen, geht dann aber doch.

Ich muss mir endlich entgegensehen! Ich muss mein Spiegelbild betrachten und mich von meinen Schuldgefühlen lösen. Zumindest so weit, dass ich mir nicht mehr selbst die Schuld daran gebe, verprügelt worden zu sein. Langsam nähere ich mich dem kleinen Spiegel über dem Waschbecken. Ich bekomme feuchte Hände und kleine Schweißperlen bilden sich auf meiner Stirn.

»Komm schon, hab dich nicht so, wie schlimm kann es schon sein?«

Aufmunternd rede ich auf mich ein. Ich klammer mich mit den Händen ans Waschbecken, langsam hebe ich den Kopf.

Was ich sehe, erschreckt mich, mein Gesicht ist bunt, das rechte Auge geschwollen und blutunterlaufen. Meine Lippen sind an drei Stellen aufgeplatzt, der Schorf bildet eine dicke Kruste und lässt mich aussehen wie ein Zombie.

Vorsichtig berühre ich meine rechte Wange und fahre die Konturen meines Gesichtes nach. Die Tränen blinzel ich weg, sie sind fehl am Platz, ich muss endlich anfangen stark zu sein. So etwas wird mir nie wieder passieren!

Keiner wird mich je wieder so behandeln, wie Christian es getan hat.

Vorsichtig wasche ich mein Gesicht und die Hände und gehe zurück zu meinen Gästen. Es wird doch noch lustig, alle sind fröhlich und feiern.

Wir unterhalten uns gut, trinken und essen das, was meine Mutter und Sandra vorbereitet haben.

Um 22 Uhr gehen die älteren Familienmitglieder nach Hause. Wir drehen die Musik laut auf und tanzen. Okay ich zappel mehr, wirklich tanzen geht nicht, dazu tut mir alles noch zu weh. Trotzdem habe ich Spaß und genieße jede einzelne Minute.

Nachdem, der letzte gegangen ist, sitzen Sandra Simon und ich auf der Couch und unterhalten uns noch ein wenig über den gelungenen Abend.

»Seht euch die Schweinerei an und das bei erwachsenen Leuten wer hätte das gedacht?«

Sandra hat Recht, überall liegen Essensreste, die Tische kleben von verschütteter Limo. Chips und Kuchenkrümel bedecken den gesamten Fußboden. Ich bin glücklich und müde zugleich. Alkohol macht mich immer leicht schläfrig. Da ich weiß, dass ich heute keine Schmerzmittel mehr nehmen kann, verabschiede ich mich schnell von Sandra und Simon und gehe ins Bett.

Das ehemalige Gästezimmer hat sich verändert, der Schreibtisch steht nicht mehr hier und die Regale mit Aktenordnern sind ausgeräumt. Obwohl Sandra gerade mal in der neunten Schwangerschaftswoche ist, stehen schon Kartons mit Babyzimmermöbeln an die Wand gelehnt. Für mich steht eine Schlafcouch ausgeklappt unter dem Fenster, Sandra ist in meiner Wohnung gewesen und hat ein paar Anziehsachen zusammengepackt.

Obwohl ich mich bei den beiden wohlfühle, bezweifel ich, dass es die richtige Entscheidung ist, vorübergehend bei ihnen einzuziehen.

Ich ziehe mich um, und als mein Kopf das Kissen berührt, schlafe ich sofort ein.

Zum Glück habe ich keine Albträume.

Früh am nächsten Morgen werde ich wach, trotzdem fühle ich mich ausgeruht.

Kapitel 13

Die Prellungen heilen im Gegensatz zu meiner Nase und den Rippen schnell. Man kann zusehen, wie die Flecken in meinem Gesicht von Lila zu blau, von grün zu gelb und zu normal wechseln.

Die Rippen sind am schlimmsten. Wenn ich mich falsch bewege oder zu tief einatme, werde ich mit einem stechenden Schmerz bestraft. Folglich hänge ich, richtig sitzen und liegen geht nicht, die meiste Zeit auf dem Sofa und sehe fern. Ich frage mich wirklich, wie manche Menschen den ganzen Tag nichts anderes als das tun können. Diese Ganzen pseudo Reality Shows sind schrecklich. Man merkt den Hobbyschauspielern an das Sie nicht viel Geld für ihre Auftritte bekommen, sie geben sich nicht sonderlich viel Mühe.

Sandra und Simon sind süß zu mir, wann immer ich etwas brauche, bringen sie es sofort.

Nach einer Woche allerdings merke ich, wie sich die Stimmung zwischen uns verändert. Immer öfter höre ich Simon und Sandra flüstern, es ist kein normales Flüstern, sie streiten sich und wollen nicht, dass ich etwas mitbekomme.

Nachts, wenn die beiden denken, ich schlafe, schreien sie sich richtig an. Beide sind frustriert und unzufrieden mit der Situation.

Am achten Tag nach meiner Entlassung, in der Nacht zuvor haben die beiden wieder heftig gestritten, beschließe ich, dass es Zeit für mich ist, nach Hause zu gehen.

Gleich nach dem Aufstehen packe ich meine Sachen zusammen. Die Tasche kann ich leider nicht tragen, aber das werden die beiden bestimmt für mich erledigen.

Ich gehe zum Frühstück in die Küche, Simon ist schon zur Arbeit gefahren, Sandra sitzt am Tisch und hat die Hände vors Gesicht geschlagen, ihre Schultern beben.

»Hey Süße, was ist denn los?«

Ich beeile mich, um den Tisch herum zu gehen, und sie in den Arm zu nehmen.

»Nichts, es sind nur die Hormone, hoffe ich zumindest! Simon und ich streiten so oft in letzter Zeit.«

Mit verweinten Augen sieht sie mich an.

»Nein, guck nicht so! Es liegt nicht an dir.«

Ich ziehe die Augenbrauen zusammen, immerhin habe ich die beiden gehört, es gibt keinen Grund sich zu entschuldigen. Drei sind immer einer zu viel und gerade dann, wenn die eine schwanger ist und der andere in Arbeit erstickt.

»Ich habe meine Tasche gepackt, es wird Zeit, dass ich nach Hause gehe, ich habe euch lang genug in Anspruch genommen! Ihr braucht Zeit für euch.«

Sandra will widersprechen, doch ich lasse sie nicht zu Wort kommen, ich lege ihr meine Hand auf den Mund.

»Nein sag nichts, es ist schon gut! Ich werde klarkommen und wenn nicht kann ich immer noch anrufen! Und wenn du jetzt nickst und mich dann nach Hause bringst, lasse ich dich auch los!«

Sandra nickt und ich nehme meine Hand weg.

»Dann los jetzt.«

Ich grinse ihr frech ins Gesicht.

»Zuhause ist es doch am schönsten«, denke ich, nachdem ich meine Wohnungstür aufgeschlossen habe.

Sandra ist nicht mit hochgekommen, ihr war übel. Unterwegs hat sie mit Simon telefoniert, er verspricht, meine Tasche, am späten Nachmittag vorbeizubringen.

Zuerst gehe ich in die Küche, ich möchte einen Cappuccino trinken.

Nachdem ich das Wasser aufgesetzt habe, gehe ich ans Fenster.

Ich sehe auf die belebte Innenstadt und frage mich ob Christian sich wirklich an mir rächen wird.

Ich seufze, ich kann nur hoffen, dass es nicht so ist, als das Wasser kocht, mache ich meinen Cappuccino fertig und setzte mich an den Laptop. Seit dem besagten Abend war ich nicht mehr online gewesen.

Ich öffne Dateluck, logge mich ein und erschrecke, neunundfünfzig Nachrichten und mehr als dreihundert Benachrichtigungen. Ohne auf eine Nachricht reagiert zu haben, klappe, ich den Laptop wieder zu.

Damit will ich mich jetzt nicht auseinandersetzen. Aber was soll ich jetzt mit meiner freien Zeit anfangen?

Ich lege mich ins Bett und schalte den Fernseher ein, zappe mich durch sämtliche Kanäle, aber es läuft nichts, was ich ansehen will.

Ich schalte wieder aus und drehe mich auf die Seite, schlafen kann ja nicht schaden!

Als es an der Tür klingelt, denke ich, Simon bringt meine Tasche. Ich stehe auf, reibe mir die Augen und frage durch die Gegensprechanlage:

»Hallo, wer ist da?«

Statt einer Antwort höre ich, wie jemand stöhnt. Mein Herz fängt wie wild an zu klopfen. Ich bekomme Panik.

»Hallo? Wer ist da? Das ist nicht witzig, gehen sie weg.«

Dann ist alles ruhig, ich höre nichts mehr, ich renne ins Wohnzimmer und sehe aus dem Fenster, aber ich kann niemanden entdecken.

»So eine Sauerei«, murmel ich. Langsam beruhigt sich mein Herzschlag wieder.

Ziellos wander ich in meiner Wohnung umher, ich weiß nichts mit mir anzufangen. Als mir eine Idee kommt, gehe ich in die Küche. Ich stehe am Herd und sehe mich um,

»Was will ich denn hier?« Frage ich ins Nichts hinein, es ist mir wieder entfallen.

Ich gehe zurück ins Schlafzimmer, schalte den Fernseher an und kuschel mich in meine Decke. Draußen ist es dunkel geworden. Wo bleibt Simon bloß? Nach einer Weile stelle ich fest, das es mir im Bett zu unbequem wird und ich wechsel aufs Sofa. In die Ecke gedrückt, halb liegend halb im Sitzen suche ich eine Position, in der ich ein Nickerchen machen kann.

Meine Rippen fühlen sich an, als wenn sie mich von innen aufspießen wollen und obwohl ich den Verband trage, meine ich zu spüren, wie Knochen auf Knochen reibt. Es ist unangenehm und schmerzhaft. Ich suche alle Kissen, die ich in der Wohnung habe, zusammen und stapel sie hintereinander auf meinem Bett. So kann ich dann auch endlich gemütlich schlafen, ohne jedes Mal vor Schmerz zusammenzuzucken.

Als ich wach werde, scheint die Sonne und ein paar ihrer strahlen haben sich durch die Jalousie gemogelt und blenden mich. So kann der Tag ruhig immer anfangen! Ich richte mich auf und strecke mich vorsichtig. Nach dem ich geduscht und Kaffee getrunken habe, hole ich meine Post aus dem

Briefkasten. So übervoll war er noch nie, der Briefträger hat irgendwann angefangen Zeitungen, Zeitschriften und Briefe nur noch hineinzustopfen. Es gibt keinen Brief, der nicht zerknüllt ist. Wieder in meiner Wohnung angekommen fange ich an, alles zu sortieren. Werbung schmeiße ich auf den Boden. Zeitungen und Zeitschriften bekommen ihren eigenen Stapel. Über blieben nur ein paar Briefe, die ich nach und nach öffne. Als ich beim letzten Brief angekommen bin, stehe ich auf, um mir noch einen Kaffee zu nehmen. Ich drehe mich um und mir fällt ein gräulicher Umschlag ins Auge. Er liegt auf dem Stuhl. Scheinbar habe ich ihn beim Sortieren aus Versehen vom Tisch gewischt.

Ich hebe ihn auf und sehe ihn mir etwas genauer an, er muss wichtig sein. Er trägt den Stempel der Stadt Hameln. Mit zitternden Händen reiße ich dem Umschlag auf, entfalte den Brief und lese:

Vorladung:
In der Strafsache Liebig ./. Muros
17.04. 2012,)9 Uhr
Polizeidienststelle Hameln Zimmer 101 Frau Nikos

Mir wird schlecht. Ich habe meine Aussage doch schon im Krankenhaus gemacht, reicht das nicht? Warum muss ich das noch mal durchmachen? Kann ich nicht einfach alles vergessen? Ich habe gehofft, dass ich irgendwie um die zweite Aussage herum komme. Ich habe wahnsinnige Angst meinem Peiniger wieder in die Augen sehen zu müssen. Was ist, wenn mir keiner glaubt? Oder schlimmer noch, wenn sie mir die Schuld geben?

Wie soll ich mich verhalten, wenn Christian nur eine Bewährungsstrafe bekommt? Ich renne ins Bad, ohne das es mir, nachdem Spucken besser geht, stehe ich mit tränenden Augen auf und sehe in den Spiegel. Ich bin bleich, es besteht kaum ein Unterschied zwischen mir und der weißen Wand hinter mir, einzig die Augen sind rot umrändert. Ich sehe aus wie ein Gespenst und genauso fühle ich mich auch.

Ich muss raus, weg von hier, weg von dem Brief und den Gedanken an ihn und die Aussage!

Ich nehme, meine Jacke von der Garderobe, ziehe meine Turnschuhe an und verlasse fluchtartig meine Wohnung. Als die Tür hinter zuschlägt, setzt mein Herz einen Moment lang aus. Fieberhaft suche ich in meiner Jacke nach dem Schlüssel. Vergebens, ich habe ihn drin liegen lassen. Resigniert zucke ich die Schultern, irgendwas wird mir unterwegs schon einfallen. Und schon bevor ich diesen Gedanken zu Ende gedacht habe, fällt mir ein, dass meine Mutter noch einen Ersatzschlüssel besitzt. Wie gut das ich damals scheinbar wenigstens nicht so kopflos durchs Leben gegangen bin wie jetzt. Als ich aus der Haustür trete, atme ich die kühle Abendluft genüsslich ein. Doch bei dem Geräusch herannahender Schritte zucke ich zusammen.

Ich muss mir wohl eingestehen, dass ich größeren Schaden genommen hab als bloß ein paar kaputten Rippen und Prellungen. Meine Seele ist verwundet und mir muss dringend etwas einfallen, wie ich sie wieder gesund machen kann. Mein Herz rast, als wäre ich gerade einen Marathon gelaufen, meinem ersten Impuls, zurück in den Hausflur zu flüchten gehe ich nicht nach. Ich sehe in den Himmel, balle die Hände zu

Fäusten und stecke sie in die Jackentasche. Dass meine Handflächen schweißnass sind, ignoriere ich für den Moment.

Um zu meiner Mutter zu gelangen, muss ich einmal komplett durch die Stadt. Nur noch wenige Geschäfte sind geöffnet und ihre Lichter in der leichten Dämmerung, geben mir etwas tröstliches. Nicht alles ist aus dem Gleichgewicht geraten. Auf die Uhrzeiten und das tägliche Einerlei kann man sich immer noch verlassen. Ein leichtes Grinsen huscht über mein Gesicht und ich entspanne mich ein wenig. Erst als ich die wenig belebte Straße verlasse und in den Weg neben der Stadtgalerie einbiege, beschleunigt sich mein Herzschlag wieder, ich ziehe die Schultern hoch und beobachte mit fliegenden Augen jeden einzelnen Menschen, der mir entgegenkommt. Was wenn ER die Situation ausnutzt? Mich hier abfängt. Würde mir jemand helfen?

Immer wieder muss ich hinter mich sehen, ich habe das Gefühl, dort lauert jemand, wartet auf den richtigen Moment, um zuzuschlagen. Ich sehe hinter mich, kann aber niemanden entdecken, dennoch, sobald ich wieder nach vorne sehe, ist das beklemmende Gefühl wieder da. Ich schaue zurück und mit einem Mal werde ich abgebremst, festgehalten, mir entfährt ein Schrei und mir wird schwarz vor Augen. Nicht in diese willkommene Schwärze abzugleiten fällt mir schwer. Ich reibe mir über die Augen und betrachte mein gegenüber.

Ein Mann, groß, dunkelhaarig und mit grünen Augen lächelt mich an.

»Hoppla, da habe ich wohl gerade nicht aufgepasst.«

Meine Nackenhärchen stellen sich auf, es ist, als wenn kleine Stromstöße durch meinen Körper zucken, ich kann mich nicht länger beherrschen, meine Beine geben unter mir nach und ich sacke auf dem Boden zusammen.

Das ist einfach zu viel für meine angespannten Nerven. Als ich wieder zu mir komme, liege ich in den Armen des Unbekannten, er hat meinen Kopf in seinem Schoß gebettet und sieht von oben auf mich herab. Wie von der Tarantel gestochen schnelle ich hoch und versuche durch die Schmerzen nicht wieder aufzuschreien. Ich habe nur einen Gedanken, ich muss hier weg.

Ohne ein Wort zu sagen, springe ich auf und renne. Renne um mein Leben und höre die Rufe des Fremden nur entfernt.

»Warten sie doch, ich wollte ihnen doch nur helfen!« Bis zum Haus meiner Mutter bleibe ich nicht mehr stehen, sehe mich nicht um. Schweiß tropft von meiner Stirn, als ich endlich in der Kaiserstraße ankomme. Müde und außer Atem lehne ich den Kopf gegen die Tür und drücke den Klingelknopf ganz durch. Als sich nichts tut, sich keiner durch die Gegensprechanlage wegen des Gebimmels beschwert und auch der Summer nicht betätigt wird, hämmere ich mit meinen Fäusten gegen die Haustür. Ich schreie nach meiner Mutter, doch sie hört mich nicht. Mutlos setze ich mich auf den Treppenabsatz und hämmer weiter auf die Tür ein. Tränen rinnen meine Wangen entlang. Ich habe Angst, bin Müde und will zu meiner Mutter, wo ist sie nur?

Als ich nicht mehr damit rechne, wird die Tür von innen geöffnet und ich purzel in den Hausflur. Ich schaue hoch und erkenne Frau Musich, die schon hier gewohnt hat, als ich ein Kind war. Sie blickt verängstigt zu mir hinunter, doch nachdem sie mich erkannt hat, beugt sie sich über mich.

»Aber Kindchen, was ist denn mit dir passiert? Komm steh auf, wir trinken erst mal eine Tasse Kaffee.«

Glücklich über das Angebot rappel ich mich hoch und folge ihr in ihre Wohnung. Sie hat sich seit meinem letzten Besuch nicht viel verändert. Zahlreicher Nippes steht auf vielen verschiedenen Regalen. Tapete sucht man hier vergeblich, Porzellanteller und Bilder in schweren dunklen Rahmen sowie Medaillen schmücken jeden Zentimeter. Sie führt mich in ihr Wohnzimmer, schwere rote Vorhänge verdecken die großen Fenster. Es ist dunkel im Raum.

»Entschuldige, aber eigentlich wollte ich den heutigen Tag im Bett verbringen! Warte ich mache Licht.«

»Aber das kann ich doch machen, warten sie.«

»Nein, nein!« winkt sie ab.

»Setz dich und mach es dir gemütlich, der Kaffee kommt gleich, und wenn du ein Taschentuch brauchst, die sind in der silbernen Dose auf dem kleinen Tischchen neben dem Ohrensessel, bedien dich ruhig!«

Ich mag Frau Musich, sie ist und war wie eine Ersatzoma für mich. Ich erinnere mich noch gut, wie oft sie mich zu sich gerufen hat und mir Bonbons, Schokolade oder etwas Geld zugesteckt hat.

Ich setze mich auf einen roten abgewetzten Ohrensessel und nehme mir ein Taschentuch. Laut schnäuze ich mich und als das Licht angeschaltet wird, sehe ich viele kleine Staubflocken durch den Raum tanzen.

»Ich bin gleich wieder da.«

Ich überlege, ob ich ihr wirklich alles erzählen soll, ich will sie nicht aufregen. Nicht dass sie noch einen Herzinfarkt bekommt.

Zitternd stellt Frau Musich ein Tablett mit Tassen und einer Kaffeekanne auf den Tisch zwischen uns. Mit einem Seufzer lässt sie sich aufs Sofa fallen.

Sie atmet schwer und ich mache mir Gedanken, ob sie sich vielleicht übernommen hat. Die alte Frau bemerkt meinen sorgenvollen Blick und winkt ab.

»Mach dir keine Gedanken Kindchen, in meinem Alter ist Kurzatmigkeit durchaus normal! Aber es wäre lieb, wenn du den Kaffee eingießen könntest, ich komme immer so schlecht von Sofa wieder hoch.«

»Natürlich!«

Beeile ich mich zu sagen, und reiche ihr die volle Tasse.

»So und jetzt erzähl mir doch, was mit dir los ist«, bittet sie mich.

»Ach wissen sie, momentan läuft es einfach nicht so, wie ich es gerne hätte. Ich werde verprügelt, lande im Krankenhaus und jetzt sehe ich böse Menschen, wo keine sind. Ich bin paranoid! Wenn es an der Tür klingelt, erstarre ich, weil ich denke, er ist wieder da und fügt mir erneut Schmerzen zu.«

Ich atme tief durch, bevor ich weiter spreche, es ist nicht so einfach, zuzugeben, das man Probleme hat. Ich bin nicht der Mensch, der gerne um Hilfe bittet.

»Aber das ist doch normal. Es dauert, bis du dich erholt hast.«

Scheinbar ist sie schon auf dem neusten Stand, dann hätte ich mir ja keine Gedanken wegen ihres Herzens machen müssen.

»Das Problem ist, dass ich heute eine Vorladung bekommen habe! Ich muss die Aussage nochmal machen, auf dem Revier. Ich weiß nicht, ob ich das schaffe.«

Tränen rollen über meine Wangen, mir einzugestehen, schwach zu sein fällt mir nicht leicht. Frau Musich stellt die Kaffeetasse ab, hievt sich vom Sofa hoch und kommt zu mir. Sie setzt sich auf die Lehne des Sessels und nimmt meine Hand in ihre. Sanft streichelt sie darüber.

»Kindchen, nicht weinen, alles wird gut, du musst nur noch einmal stark sein. Außerdem kann ich mir nicht vorstellen, dass du da alleine durch musst. Deine Mutter wird dir zur Seite stehen, daran glaube ich ganz fest.«

Die hat gut reden! Sie muss ihm ja nicht noch einmal in die Augen sehen. Den schlimmsten Tag ihres Lebens erneut durchmachen. Ich will gerade widersprechen, als ich sehe, wie ihr ebenfalls, Tränen über die Wangen strömen.

»Warum weinen Sie denn?« Frage ich entsetzt. »Wenn ich irgendetwas gesagt habe, was sie gekränkt hat, tut es mir wirklich leid. Das war nicht meine Absicht.«

Ich sehe sie eindringlich an und versuche in ihren Augen zu lesen.

»Ach mach dir keine Gedanken, deine Geschichte weckt so viele schlimme Erinnerungen«, sie schüttelt leicht den Kopf und drückt meine Hand etwas fester. »Erzähl ruhig weiter Kindchen, ich wollte dich nicht unterbrechen.«

»Ach schon gut, eigentlich habe ich schon alles gesagt! Frau Musich, bitte, wenn sie sich etwas von der Seele reden wollen, ich höre ihnen zu.«

Energisch schüttelt sie den Kopf,
»Nein, es geht schon wieder. Mach dir keine Sorgen um mich. Es ist lange vorbei!«
Ich belasse es dabei, wenn sie nicht reden will, will sie eben nicht. Ich werde sie nicht zwingen.
Frau Musich sieht auf einmal sehr müde aus.
»Ich werde mich etwas hinlegen, wenn du gehst, zieh einfach die Tür hinter dir zu! Du kannst natürlich bleiben, bis deine Mutter zurück ist! Entschuldige mich bitte.«
Verwirrt bleibe ich noch einen Moment sitzen.
Natürlich würde mich interessieren, was ihr zugestoßen ist. Obwohl sie nicht wirklich zur Familie gehört, fühle ich mich für sie verantwortlich. Vielleicht erzählt sie mir alles, wenn, die Verhandlung vorbei ist.
Da ich die alte Frau nicht weiter belästigen will, schleiche hinaus, wie sie gesagt hat, ziehe ich die Tür einfach hinter mir zu. Als ich mich umdrehe, um zu gehen, stoße ich fast mit meiner Mutter zusammen. Sie grinst von einem Ohr zum anderen, ich kann mir nicht erklären, was so lustig ist. Allerdings sieht sie so aus wie auf den Fotos von vor 20 Jahren. Ich kann mich nicht erinnern sie jemals so gesehen zu haben.
»Oh, hallo Kleines. Was machst du denn hier?«
Ich kann mich irren, doch ich glaube, meine Mutter wird rot im Gesicht.
»Scheinbar komme ich ungelegen?« Frage ich sie.
»Nein, nein, komm nur mit hoch!«
Ich kann nicht anders, ich fange an zu grinsen und gehe mit ihr zusammen die Treppen hoch. Als sie die Wohnungstür aufschließt, sehe ich Heilloses durcheinander, im Flur liegen Schuhe, Handtücher und ein Slip herum.

»Ich … Entschuldige die Unordnung, ich war … Ich wollte … ich hatte …«

Stottert sie, ihre Gesichtsfarbe ähnelt der Farbe einer Tomate. Als sie mich über den Flur ins Wohnzimmer führt, kommen wir am Schlafzimmer vorbei. Die Decken und Kissen sind im ganzen Raum verstreut, langsam begreife ich, warum sie mir nicht die Tür geöffnet hat. Sie hatte Herrenbesuch!

»Oh!« Entfährt es mir,

»Du hattest Besuch? Wer ist er? Kenne ich ihn? Los erzähl schon.«

Ich muss alles erfahren. Ist meine Mutter verliebt? Warum weiß ich nichts davon? Wie lange geht das schon?

»Ach weißt du, das geht dich nichts an! Warum bist du denn gekommen? Und warum hast du nicht vorher angerufen?«

Täusche ich mich oder höre ich einen leichten Unterton in ihrer Stimme? Sie klingt leicht gereizt!

»Soll ich wieder gehen?«

»Nein, bleib nur, entschuldige es läuft halt manchmal nicht so, wie man das gerne möchte.«

Ich bin wirklich verwirrt, meine Mutter, die schon jahrelang alleine lebt, hat so etwas wie eine Affäre. Alles um mich herum verändert sich und es macht mir Angst. Mein Leben scheint dagegen stillgelegt zu sein. Ich trete auf der Stelle ohne Aussicht auf Besserung. Ich werde beherrscht von Angst, ich kann nicht mal aus dem Haus gehen, ohne mich zu fürchten. Wie soll das nur werden, wenn ich wieder arbeiten gehen muss. Oder bei der Gerichtsverhandlung?

»Johanna? Warum bist du hier, warum wirkst du so gehetzt?«

»Entschuldige, ich war gerade mit meinen Gedanken wo anders.«

»Das habe ich gemerkt, trinkst du einen Tee mit mir? Dann kannst du mir auch erzählen, was mit dir los ist.«

»Gerne«, nuschel ich und lehne mich an die Arbeitsplatte.

Nachdem meine Mutter 2 Tassen Tee gekocht hat, setzen wir uns ins Wohnzimmer. Auch hier sieht es aus, als hätte eine Bombe eingeschlagen. Die Sofakissen liegen überall verstreut der Fernsehtisch, der sonst schräg in der Ecke vor der Heizung steht, ist ganz an die Heizung gerückt worden.

Ich wunder mich immer mehr ... wurde hier eine Sexorgie gefeiert? Als ich meinen Mund öffnen will, um genau das zu fragen, kommt meine Mutter mir zuvor. Doch anders als eben auf dem Flur grinst sie, als sie sagt:

»Ich glaube, ich sollte das Chaos beseitigen. Dirk und ich haben zu viel, ja ähm, nennen wir es gefeiert.«

»So nennt man das also heutzutage.«

Auch ich muss grinsen. Es fällt mir schwer, mir meine Mutter in einer Beziehung vorzustellen. Doch wenn es sie so glücklich aussehen lässt, wie jetzt dann braucht sie eindeutig mehr davon!

»Magst du mir mehr über ihn erzählen?«

Es scheint nicht angebracht sie jetzt mit meinen Problemen zu bombardieren. Allerdings scheint sie nicht bereit zu sein, mir mehr zu erzählen, als sie es gerade getan hat. Sie winkt ab und fragt mich stattdessen:

»Was ist los mit dir? Warum bist du so blass um die Nasenspitze?«

Ich seufze und versuche beim Gedanken an die Gerichtsverhandlung nicht zu weinen.

»Ich habe Post bekommen, der Termin für die Gerichtsverhandlung steht fest und ich habe Angst, große Angst! Christian wiederzusehen, alles, was passiert ist, vor so vielen Menschen zu wiederholen. Der Anwalt wird mich doch in der Luft zerpflücken, wenn herauskommt, dass ich mich ständig mit Männern treffe, er wird behaupten, dass es meine Schuld ist.«

Ich kann meine Tränen nicht länger zurückhalten. Mein Gesicht ist in meinen Händen verborgen und meine Schultern beben. Ich höre nur am Rande, wie meine Mutter etwas zu mir sagt, von dem ich sicher bin, dass es mich beruhigen soll. Als ich nicht reagiere, zieht sie mich in ihre Arme und drückt mich an ihre Schulter. Ich umschließe sie mit meinen Armen und merke, wie ihr Pullover von meinen Tränen immer nasser wird. Doch es schreckt sie nicht ab, sie hält mich fest, bis ich mich halbwegs beruhigt habe. Nachdem sie mich wieder losgelassen hat, sieht sie mich an, ihre Augen sind ebenfalls feucht, sie sieht mich traurig an. Sie braucht nichts sagen, ich weiß ganz genau, was ihr gerade durch den Kopf geht. Meine Mutter und ich ticken gleich.

Schweigend sitzen wir da und trinken unseren nun fast kalten Tee.

Als meine Tasse zur Hälfte leer ist, fragt sie mich, »Hast du jetzt eigentlich die ganze Zeit draußen gestanden?«

»Nein ich war bei Frau Musich, sie hat mich buchstäblich vom Boden aufgelesen.«

Meine Mutter runzelt die Stirn und sieht mich fragend an, also erzähle ich ihr alles. Wie ich durch die Stadt gelaufen und mit dem Mann zusammengestoßen bin, wie ich gegen die Tür gehämmert habe und zusammengesackt bin. Ich verschweige nur, dass Frau Musich scheinbar auch so ihre Erfahrungen mit Gewalt gemacht hat.

»So einen Tag braucht man nicht, das gebe ich zu! Du musst dir aber keine Gedanken machen, ich werde dir bei der Gerichtsverhandlung zur Seite stehen. Ich bin da, wenn du Hilfe brauchst und ich kenne einen tollen Anwalt.«

Bei dem Wort Anwalt läuft ihr Gesicht bis zu den Haarspitzen rot an. Ich kann mir ein Grinsen nicht verkneifen, sie hat also ein Techtelmechtel mit einem Anwalt, das freut mich sehr, sie hat es verdient, sich mal so richtig verwöhnen zu lassen.

»Warte ich rufe ihn gleich an und frage, ob er dich vertritt, was hältst du davon?«

Ich nicke zum Einverständnis und schon ist meine Mutter in der Küche verschwunden, ich höre sie murmeln. Als sie wieder zurück ist, versucht sie, ihr grinsen zu unterdrücken, schafft es aber nicht wirklich.

»Erledigt, du kannst morgen zu ihm gehen und dann besprecht ihr alle Einzelheiten! Was würdest du sagen, wenn ich dir vorschlage, heute Nacht hierzubleiben? Wir bestellen Pizza und schauen uns alle drei Sissi Filme hintereinander an?«

»Das ist die beste Idee des Tages.«

Meine Mutter weiß eben, wie sie mich aufmuntern kann. Ich freue mich, das wir so ein freundschaftliches Verhältnis haben.

Zuerst bestellen wir Pizza, und während wir darauf warten, dass sie geliefert wird, schauen wir die ersten 30 Minuten der ersten DVD. Ich heule, was das Zeug hält weniger wegen Sissi, eher, weil mein Leben so aus den Fugen geraten ist. Doch es tut mir gut, weinen wirkt befreiend, und als die Pizza kommt, habe ich nicht mehr das Gefühl, alles Unglück der Welt sitzt auf meinen Schultern. Nach dem Essen sinke ich in die Sofakissen und fühle mich entspannt, sogar ein klein wenig glücklich. Ich freue mich darauf, morgen zu Mamas Anwalt zu gehen, mit der Aussicht Christian ordentlich eins auszuwischen. Er wird, für das, was er mir angetan hat, büßen!

Kapitel 14

Mamas Anwalt ist wirklich nett, er hört sich meine Geschichte von vorne bis hinten an. Wenn ich stocke, weil es mir peinlich ist, zugeben zu müssen, dass ich nur Internet Dates habe, zwinkert er mir zu und grinst verständnisvoll. Alles in allem verläuft das Gespräch wunderbar! Dr. Strobel ist sehr zuversichtlich, dass Christian in den Knast wandert. Allerdings muss ich mich wieder etwas gedulden. Dr. Strobel lässt sich die Ermittlungsakte schicken und erst dann besprechen wir, wie wir vorgehen. Die Last, die bis jetzt schwer auf meinen Schultern saß, ist komplett verschwunden. Ich fühle mich frei und habe das Gefühl wieder leben zu können.

»Dr. Strobel ist wirklich gut aussehend«, sage ich augenzwinkernd zu meiner Mutter, als wir die Kanzlei verlassen.

Sie wird wieder rot,

»Ich habe Dirk bei einer Veranstaltung in der Bücherei kennengelernt.«

»Was denn für eine Veranstaltung? Ich dachte, es wird bei euch nicht mehr gelesen?«

»Doch ab und zu schon, Dirk hat ein Buch geschrieben, einen Ratgeber für betroffene Gewaltopfer!«

Mir bleibt der Mund offen stehen. Ist das ihr Ernst?

»Warum hast du mir nicht schon viel früher von ihm erzählt?«

»Weil ich das nicht konnte, Ich bin ihm doch erst am Donnerstag begegnet.«

»Du kennst ihn erst zwei Tage? Und warst mit ihm im Bett?«

Ungläubig schüttel ich den Kopf, so kenne ich meine Mutter gar nicht! Sie ist doch sonst immer so abweisend den Männern gegenüber!

Meine Mutter scheint meine Gedanken zu lesen, sie fängt an, sich zu erklären.

»Es hat einfach peng gemacht, er stand vor mir, hat mich angegrinst. Lud mich nach der Buchvorstellung zu einem Kaffee ein und es war, als wenn ich ihn schon mein Leben lang kenne. Ich fühle mich so wohl bei ihm«

»Mama«, versuche ich sie zu unterbrechen, sie braucht mir nichts zu erklären!

»Wir haben den Nachmittag miteinander verbracht, haben gelacht, viel geredet und sind dann abends essen gegangen. Als wir dann vor meiner Haustür standen, haben wir uns geküsst und ich wusste es. Ich wusste, das ist der Mann, der die Liebe zurück in mein Leben bringen kann. Naja und den Rest kennst du ja.«

Ich atmete einmal tief ein und wieder aus und versuche, das Bild von den beiden im Bett aus meinem Kopf zu bekommen.

»Bitte, mehr muss ich nicht wissen. Wirklich nicht! Das Bild bekomme ich nie wieder aus dem Kopf.«

Meine Mutter lacht, als sie sich etwas beruhigt hat, streicht sie mit ihrer Hand über meinen Arm.

»Entschuldige, ich wollte dich nicht verschrecken! Komm, ich bringe dich nach Hause oder musst du noch einkaufen? Wir können zusammengehen.«

»Eine gute Idee. Ich habe absolut nichts zu essen mehr im Haus.«

Ich hake mich bei meiner Mutter ein und zusammengehen wir in den Supermarkt. Der kleine Korb, den ich mir am Eingang des Ladens mitgenommen habe, füllt sich schnell, Obst, Gemüse, Milch, ein paar Süßigkeiten und Kaffee liegen schon drin, als mir einfällt, dass ich Fleisch brauche.

Unbekümmert gehe ich zur Fleischtheke.

Ich sehe mir die Auslage genau an und überlege was ich heute und morgen kochen will. Meine Mutter neben mir tut dasselbe,

»Habe ich doch gewusst, dass ich dich irgendwann hier treffe.«

Werde ich von der Seite angesprochen. Mein Herz krampft sich zusammen. Die Stimme ist mir sehr bekannt. Ich bekomme eine Gänsehaut und traue mich nicht aufzusehen. Nur schwer kann ich meine Blase unter Kontrolle halten.

Die Stimme verfolgt mich in meinen Albträumen, sie lässt mich erschaudern und zusammenzucken, das Atmen fällt mir schwer. Man kann sagen, ich habe das Gefühl von einem Elefant zerquetscht zu werden. Tränen schießen mir in die Augen und ich höre das Blut in meinen Ohren rauschen. Ich taste nach dem Arm meiner Mutter, und als ich ihn gefunden habe, drücke ich so fest zu, dass sie aufschreit, und versucht sich von mir los zumachen.

Ich muss hier weg, ich lasse den Korb fallen und renne, so schnell ich kann zum Ausgang.

Ich habe das Gefühl gleich bewusstlos zu werden, ich muss mich setzen. Ich lehne meinen Kopf an die Wand und versuche ruhig zu atmen. Wo ist meine Mutter? Mein Blick ist immer noch verschwommen, als ich angesprochen werde.

»Geht es ihnen gut? Soll ich einen Arzt rufen?«

Ich versuche, mich zusammenzureißen und den Kopf zu schütteln. Doch der Mann wartet nicht, ich höre, wie er spricht.

»Hier sitz eine junge Frau vor dem Supermarkt in der Galerie, sie atmet schnell und ist nicht ansprechbar. Bitte kommen sie schnell! Danke.«

Sanft streichelt er über meinen Arm, er bleibt die ganze Zeit über bei mir, selbst als ich vom Notarzt eine Spritze bekomme und wieder sehen und normal atmen kann. Meine Mutter hat mich mittlerweile auch gefunden und unterhält sich mit dem Arzt, der mich mit ins Krankenhaus nehmen will. Er erklärt ihr, das ich eine Panikattacke habe und es besser wäre man, würde mich im Krankenhaus eine Nacht beobachten.

»Ich will nicht«, murmel ich, »nur nach Hause, bitte.« Irgendwie schafft sie es, dass er mich nicht mitnimmt.

»Du kommst mit zu mir«, sagt meine Mutter mit einer Bestimmtheit in der Stimme, dass ich mich nicht traue zu widersprechen.

Schlafen, ich will nur schlafen.

Ich versuche, aufzustehen doch irgendjemand hat meine Knochen und Muskeln gegen Wackelpudding getauscht, ich sacke wieder zusammen. Der Mann, der den Notarzt gerufen hat, nimmt mich auf den Arm und trägt mich aus der Galerie zum Taxistand. Die Schaulustigen machen uns Platz, ich möchte sterben! Ich höre wie meine Mutter leise flucht. Weit und breit ist kein Taxi zu sehen.

Der große starke Unbekannte bietet an uns zu fahren, »Mein Auto steht oben auf dem Parkplatz, wenn sie kurz hier warten, hole ich sie gleich ab.«

Freudig stimmt meine Mutter zu, ich will schlafen, wirklich nur schlafen ich bin so müde!

Ich werde abgesetzt und meine Mutter nimmt mich in ihre Arme und hält mich fest, beruhigend streichelt sie über meinen Kopf. Ich schlafe an ihre Brust gelehnt ein.

Als ich wach werde, bin ich leicht verwirrt, ich liege im Bett meiner Mutter. Wie bin ich hier hergekommen? Und wo ist Mama? Vorsichtig setze ich mich auf, draußen ist es noch dunkel. Mein Kopf fühlt sich an, als wäre er mit Luft gefüllt. Meine Beine zittern, als ich versuche aufzustehen. Trotzdem schaffe ich es, ins Wohnzimmer zu gehen. Dort liegt meine Mutter halbsitzend, eingekuschelt in eine dünne Decke auf dem Sofa, der Fernseher läuft, und zeigt eine Dauerwerbesendung. Leise durchquere ich das Zimmer und setze mich neben sie. Sofort wird sie wach und streckt sich.

»Wie geht es dir?«

»Besser, wie bin ich denn hier hergekommen?«

Obwohl sie total verschlafen ist, antwortet sie mir.

»Sebastian hat dich hergebracht, in seinem Auto, er hat dich hochgetragen und in mein Bett gelegt. Er gab mir seine Telefonnummer, ich soll mich melden, wenn es dir besser geht! Er hat sich wirklich Sorgen um dich gemacht.«

Wie gut das es dunkel ist, so kann meine Mutter nicht sehen, dass ich von Kopf bis fuß rot anlaufe. Niemand wird ihn anrufen, nie! Die Peinlichkeit werde ich mir ersparen.

»Er ist wirklich sehr nett«, erzählt meine Mutter weiter. »Aber jetzt erzähl mir doch mal, was gestern mit dir los war? Warum bist du weggelaufen und hast den Panikanfall bekommen?«

»Es war Christian«, sofort strömen Tränen über meine Wange.

»Er war es an der Fleischtheke, Hast du den Mann gesehen, der neben mir stand? Ich konnte nicht anders, ich musste weg.«

Mitfühlend zieht sie mich an sich heran und streichelt mir über den Rücken.

»Das wusste ich nicht, es tut mir so leid! Warum hast du denn nichts gesagt? Ich wäre doch mit dir rausgegangen! Stattdessen habe ich in Ruhe weiter eingekauft. Ich mache mir solche Vorwürfe.«

»Das brauchst du nicht«, schniefe ich an ihrer Brust. »Du konntest es doch nicht wissen.«

»Ich habe mich nur gefragt, warum der Notarzt durch das Einkaufscenter rennt und warum die Menschen da herumstehen, als ich dich weinen hörte. Wir schaffen das mein Kind, ich bin da, wann immer du mich brauchst! Dirk wird alles tun, damit dieses Schwein aus dem Verkehr gezogen wird, das verspreche ich dir.«

»Danke Mama. Komm, geh ins Bett ich bin hellwach.«

»Eine gute Idee«, Mama gähnt herzhaft, rappelt sich hoch und geht in ihr Schlafzimmer. Ich wickel mir die Decke um und zappe mich durch die Kanäle auf der Suche nach etwas Sehenswertem. Der Zettel mit der Nummer meines Retters liegt auf dem Wohnzimmertisch. Ich nehme ihn in die Hand und sehe mir die Nummer an. Sebastian, so heißt er also! Irgendwas an seinem Nachnamen kommt mir bekannt vor. Ich kann mich nur nicht erinnern was. Pleis, wo habe ich den Namen nur schon mal gehört? So sehr ich mich auch bemühe, es will mir nicht einfallen. Ich lege das Papier zurück auf den Tisch und konzentriere mich auf den Fernseher. Es dauert nicht lange und mir fallen erneut die Augen zu. Ich träume wirr, Christian verprügelt mich erneut und ich versuche, ihm zu entkommen. Dann sitze ich ihm in einem Gerichtssaal gegenüber und er wird freigesprochen. In all die Albträume mischt sich das Gesicht von Sebastian, der mich beschützt und hält, wenn es mir richtig schlecht geht. Schweißgebadet wache ich auf.

Ich höre wie in der Küche die Teller klappern und rieche frischen Kaffee. Ich strampel die Decke weg und stehe auf. Ohne Kaffee am Morgen geht gar nichts.

»Guten Morgen Mama, konntest du noch ein bisschen schlafen?«

»Ich habe geschlafen wie ein Stein! Komm setz dich ich habe Brötchen geholt und Thüringer Mett! Kaffee?«

»Ja, ja und ja.«

Ich grinse sie an und setze mich ihr gegenüber. Schweigend genieße ich den köstlichen Kaffee, schmiere mir ein Brötchen und hänge meinen Gedanken nach.

»Dirk hat mir eine SMS geschickt, du sollst heute Nachmittag zu ihm kommen.«

»Hat er denn schon die Akte?«

»So wie es aussieht ja.«

»Okay hat er geschrieben, wann ich da sein soll?«

»Gegen 15 Uhr.«

»Gut ich werde hingehen, kommst du mit?«

»Nein ich muss arbeiten, aber das schaffst du auch allein! Dirk beißt nicht und ihm liegt viel daran dir zu helfen.«

»Okay bekomme ich noch einen Kaffee? Danach gehe ich nach Hause, Duschen und mich umziehen.«

»Vergiss nicht, Sebastian anzurufen.«

Ich verschlucke mich am Kaffee, ich soll ihn anrufen?
Nein auf keinen Fall!

Kapitel 15

Dr. Strobel ist auch ohne das meine Mutter dabei ist, sehr nett. Er geht mit mir die Ermittlungsakte durch und liest vor, was Christian bei der Polizei ausgesagt hat.

»Johanna war nicht bei mir, ich habe sie einmal flachgelegt mehr nicht, aber die hat mich nicht in Ruhe gelassen. Sie ist eine Stalkerin. Überall hat sie rumerzählt, dass wir jetzt zusammen sind! Und als sie verprügelt wurde, lag ich mit einer anderen Schnecke im Bett.«

Dr. Strobel sieht mir in die Augen, ich kann nur schwer die Tränen zurückhalten.

»Aber das, ich meine er hat … er war nicht,« stammel ich.

»Ich weiß das, sie wissen das und er auch.«

Beruhigend greift er über den Tisch und drückt meine Hand.

»Er wäre doch schön blöd, wenn er zugeben würde, sie geschlagen zu haben.«

Ich schlucke den dicken Kloß in meinem Hals hinunter und wische mir die Tränen aus den Augenwinkeln.

»Man wird mir nicht glauben. Ich weiß es ganz genau. Er wird freikommen und sein Werk vollenden.«

»Nein das wird er nicht. Wir werden die Nachbarn befragen lassen, irgendwer wird sie mit Sicherheit gesehen haben, oder gehört.«

»Ich erinnere mich nicht, geschrien zu haben.«

»Es wird alles gut, das verspreche ich ihnen.«

Gefrustet verlasse ich nach einer Stunde die Kanzlei. Alles sieht so hoffnungslos aus. Nichts deutet darauf hin, das ich bei Christian war. Keiner wird mir glauben, auch wenn Dr. Strobel etwas anderes sagt. Immerhin ist es seine Aufgabe mich zu überzeugen. Was wenn nicht mal er mir wirklich glaubt? Was wenn er alles, was er eben gesagt hat, nur gesagt hat, weil er was mit meiner Mutter hat? Was wenn er insgeheim genauso denkt? Es ist doch möglich, das er nur auf Geld aus ist!

»Jetzt reiß dich zusammen«, schimpfe ich laut mit mir selbst. Eine alte Dame, die neben mir gegangen ist, zuckt zusammen und sieht mich komisch an.

»Entschuldigung, ich wollte sie nicht erschrecken.«

Leise vor mich her schimpfend gehe ich nach Hause. Ich bin sauer, auf mich, auf meine Mutter, den Anwalt und die ganze Welt.

Wütend knalle ich die Tür hinter mir zu, werfe die Tasche in die nächste Ecke und renne in die Küche. Ich nehme mir ein Blatt von meinem Notizblog und schreibe darauf:

»Das wirst du mir büßen,«

Immer und immer wieder schreibe ich nur diesen einen Satz, als der Zettel voll ist, nehme ich den Nächsten, und erst als ich fast alle Blätter beschrieben habe, lässt meine Wut nach. Müde lasse ich den Stift fallen und lege meinen Kopf auf den Tisch. Ich schließe die Augen und konzentriere mich auf meinen Herzschlag. Bumm-bumm, bumm-bumm, langsam entspanne ich mich wieder. Ich sehe mich in der Küche um und fange an die Zettel aufzuheben.

Ich sehe mir jeden Einzelnen an, zuerst ist meine Schrift krakelig, dann wird sie immer sauberer und schnörkeliger. Eine gute Wuttherapie! Statt alles wegzuschmeißen, pinne ich mir einige von ihnen an den Kühlschrank, als Mahnung an mein Gewissen. Niemand kann etwas für meine Situation. Niemand außer Christian, und der wird sich bald umgucken, wenn er sich beim Bücken nach der Seife den Hintern festhalten muss.

Ich fange an zulachen, ich lache, bis mir die Tränen kommen und mein Bauch sich schmerzhaft zusammenkrampft. Was für ein Kliesche!

Als ich mich wieder beruhigt habe, klingelt das Telefon.

»Hallo?«

»Hi, Mama hier, du hast vergessen; dir die Nummer mitzunehmen.«

»Mama ich will ihn nicht anrufen.«

»Doch du wirst dich bedanken und jetzt hol dir was zum Schreiben.«

Ihre Stimme lässt keine Widerrede zu, also gehe ich wieder in die Küche und hole Zettel und Stift.

Ich notiere die Nummer und wiederhole sie, damit meine Mutter weiß, dass ich sie wirklich aufgeschrieben habe.

»Ruf am besten gleich an, dann hast du es hinter dir.«

»Ja Mama«, ich bin genervt, warum soll ich etwas tun, zu dem ich keine Lust habe? Auch wenn sie irgendwie Recht hat, bedanken muss ich mich, doch das, wann und wie kann, sie auch mir überlassen!

»Rufst du mich nach eurem Gespräch an und erzählst, was er gesagt hat?«

»Was soll er denn sagen? Was könnte so interessant an diesem Gespräch sein, dass ich dich sofort zurückrufen muss?«

»Ich weiß nicht aber ich bin neugierig. Achso, was hat Dirk denn gesagt?«

»Frag ihn doch, ich lege jetzt auf.«

Energisch drücke ich die rote Taste meines Telefons, meine Laune ist im Keller. Trotzdem wähle ich die Nummer von Sebastian.

»Hallo?«

Als ich seine Stimme höre, bringe ich kein Wort raus.

»Hallo«, fragt er nochmal, ich räuspere mich.

»Hallo hier ist Joy!«

»Welche Joy?«

Habe ich es doch gewusst, er erinnert sich nicht mal mehr an mich.

»Johanna Liebig, die aus dem Einkaufscenter.«

»Sag doch gleich das du Johanna bist«, ich kann hören, dass er lacht.

»Ich hasse meinen Namen deswegen Joy«, erkläre ich mich.

»Wie geht es dir? Alles soweit wieder gut?«

»Ja wenn soweit heißt, dass ich in meiner Wohnung bin und nicht hinaus gehen will, dann ist soweit alles gut.«

Warum erzähle ich ihm das? Bin ich denn verrückt? Das geht ihn nun wirklich nichts an.

»Sag mal, ich will ja nicht mit der Tür ins Haus fallen aber ich bin Journalist und ich finde, alle Welt soll erfahren, was dir zugestoßen ist. Meinst du wir, können uns treffen und du erzählst mir, was vorgefallen ist?«

Journalist? Na toll, das ist das Letzte, was ich brauche, der ganzen Welt erzählen, wie bescheuert ich bin!

»Nein will ich nicht. Woher weißt du eigentlich, was passiert ist?«

»Deine Mutter hat es mir erzählt, als ich euch zu ihr gefahren habe.«

Typisch Mutti alte Tratschtante!

»Ich will aber nicht, dass die ganze Welt erfährt, wie blöd ich bin. Wie verkorkst mein Leben ist.«

»Du bist nicht bescheuert und dein Leben ist nicht verkorkst. Was dir zugestoßen ist, kann jedem passieren! Also wie sieht es aus? Treffen wir uns? Ich schwöre, ich werde keine intimen Fragen stellen, und wenn du nicht möchtest, dass dein Name genannt wird, werde ich ihn ändern.«

Jetzt weiß ich, auch warum meine Mutter will, dass ich sie zurückrufe! So eine Sauerei, da erzählt sie einem Fremden, warum ich zusammengebrochen bin. Ausgerechnet einem Journalisten und der will meine Geschichte verwursten.

»Kann ich noch ein wenig darüber nachdenken?«

»Ja natürlich. Ich melde mich morgen bei dir, in Ordnung?«

»Ja, bye.«

»Bye.«

Ich lege auf und rufe sofort bei meiner Mutter an. Der werde ich was erzählen. Meine Geschichte einfach so weiter zu tratschen. Unverschämtheit.

Als meine Mutter abnimmt, fange ich sofort an zu meckern.

»Warum tust du mir das an? Warum erzählst du Sebastian, was mit mir passiert ist?«

Meine Wut ist mit einem Mal verraucht.

»Ich finde, du solltest dich mit ihm unterhalten. Aber das musst du wissen, ich kann nur sagen, was ich für das Beste halte. Ich will mich nicht in dein Leben einmischen.«

»Danke Mama! Danke das du immer für mich da bist und meine Launen erträgst, auch wenn ich mal, ungerecht werde so wie vorhin. Es tut mir leid.«

»Schon gut, ich nehme es dir nicht übel, du bist in einer Ausnahmesituation. Da darf man schon mal durchdrehen. Ich habe dich lieb, bis bald.«

»Ich dich auch, bis bald.«

Ich bin auf einmal sehr müde, doch ich kämpfe dagegen an. Ich rufe noch einmal bei Sebastian an.

»Sebastian? Können wir uns gleich treffen? Ich meine, bevor mich der Mut verlässt?«

»Ja natürlich ich habe Zeit, wo denn?«

Ich überlege kurz, ich habe hunger, man könnte das ja gleich miteinander verbinden.

»Moquito, in zwanzig Minuten? Dann kann ich auch gleich etwas essen.«

»Eine gute Idee, bis gleich.«

»Bis gleich!«

Ich gehe ins Bad, noch einmal Zähne putzen, Haare kämmen und ziehe mir etwas Sauberes an, dann mache ich mich auf den Weg zum Moquito. Zu meiner Überraschung steht Sebastian schon davor und wartet. Als er mich sieht, kommt er auf mich zu und streckt mir seine Hand zur Begrüßung entgegen.

»Sebastian Pleis, Journalist«, er grinst mir frech ins Gesicht.

»Joy Liebig, total bescheuerte Frau, die sich mit den falschen Kerlen einlässt«, erwidere ich seinen Gruß. Ich kann nicht anders, ich grinse, obwohl ich es nicht gedacht habe, fühle ich mich wohl.

»Wollen wir reingehen? Du hast gesagt, du hast hunger.«

Ich nicke und folge ihm, er ist ganz Gentleman und hält mir die Tür auf, lässt mich den Tisch aussuchen und schiebt sogar meinen Stuhl zurück. Ich muss lachen.

»Ich würde vorschlagen wir essen erst und bei einem Cocktail können wir reden!«

»Sehr gute Idee.«

Als die Bedienung an unseren Tisch kommt und die Speisekarten bringt, lege ich meine vor mich hin, ich brauche nicht hineingucken, ich weiß, was ich will. Fragend sieht sie mich an, ich lächel und sage:

»Eine Bahama Mama bitte und Spaghetti Carbonara, danke.«

»Das hört sich gut an. Ich möchte bitte Spaghetti Carbonara und einen Tequila Sunrise, danke.«

Die junge Frau nickt und geht.

Ich weiß nicht, was ich zu Sebastian sagen soll, ich starre ihn an und er mich. Er hat die Ellbogen auf den Tisch gestützt und seine Hände ineinander gelegt, so als ob er beten will.

»Ich habe absolut keine Ahnung, über was wir reden sollen«, sagt er zu mir.

»Ich auch nicht«, gestehe ich ihm.

»Warten wir, bis das Essen kommt, ich bin unausstehlich, wenn ich hunger habe!«

»Das bin ich auch«, sage ich zu ihm und muss lachen, denn genau in dem Moment meldet sich mein Magen mit einem lauten vernehmlichen grollen.

»Was war das denn? War das etwa dein Magen?«

Ich laufe bis zu den Haarwurzeln rot an und nicke.

»Ich habe doch gesagt, ich habe Hunger!«

»So laut hat mein Magen noch nie nach Nahrung geschrien.«

»Echt nicht? Meiner macht das ständig, naja gut ich esse auch nicht sehr regelmäßig.«

»Das solltest du vielleicht ändern.«

»Ich wüsste nicht warum. Stell dir mal vor wie Fett ich werde, wenn ich ständig esse.«

»Ein paar Kilo mehr könntest du schon vertragen, finde ich.«

»Ach quatsch. Halt doch den Mund, was weißt du denn schon?«

»Ich sehe schon, ich bin still, bis das Essen kommt.«

Sebastian grinst mich an, ich grinse mit.

Zuerst werden uns die Cocktails gebracht, gierig mache ich mich über das Obst her, mit dem das hohe Glas verziert ist. Ich esse die Weintrauben, die Litschis und die verschieden Melonensorten.

»Möchtest du auch mein Obst essen? Ich steh nicht so auf gesundes Zeug!«

»Gerne!«

Es dauert nicht lange und vom Obst ist nur noch die Schale über. Sebastian hat mir die ganze Zeit zugesehen.

»Satt?«

»Sehe ich so aus? Ich habe hunger. Ich brauche die Spaghetti, sonst falle ich gleich um.«

»Na dann Prost«, er hebt sein Glas und wir stoßen an. Ohne etwas getrunken zu haben, stelle ich meins zurück auf den Tisch, ich kann jetzt nicht trinken, ich muss erst essen.

Sebastian nimmt einen großen Schluck.

Als ich gerade nachfragen will, wie lange es noch dauert, bis das Essen kommt, stellt die Bedienung 2 große Portionen Spaghetti Carbonara vor uns hin. Wir bedanken uns artig und ich fange gierig an zu essen. Sebastian tut es mir gleich.

Immer wieder sehe ich hoch, ich merke, wie Sebastian mich beobachtet. Irgendwann wird es mir zu viel und ich frage, obwohl mir gerade Spaghetti aus dem Mund hängen:

»Was ist denn? Was guckst du denn so?«

»Du hast Soße auf der Nase!«

Ich schlucke den Bissen hinunter und wische mit der Serviette über meine Nasenspitze.

Sebastian lacht laut auf.

»Was ist denn jetzt?« Frage ich genervt.

»Komm mal näher, ich mach es dir weg, die Soße ist genau zwischen deinen Augen.«

Er greift über den Tisch und will mich sauber machen, sofort bekomme ich Panik und weiche zurück. Wie eine besessene rubbel ich mit der Serviette über mein Gesicht.

»Beseitigt?«

Ich versuche mir meine Panik nicht anmerken zulassen, doch als ich nach Gabel und Löffel greife, zittern meine Hände. Sebastian bemerkt es sofort.

»Es tut mir leid, ich wusste ja nicht …«

Weiter kommt er nicht, ich winke ab,

»Schon gut, ich wusste es auch nicht, aber so ist das wohl, wenn man verprügelt wurde.«

Ich versuche, möglichst fröhlich zu klingen, doch an Sebastian seinem Blick erkenne ich, dass es nicht funktioniert.

Nach dem Essen erzähle ich ihm alles, wie ich Christian kennengelernt habe, was er im Dateluck gepostet hat. Wie ich zu ihm gegangen bin, um die Situation zu klären, und er mich verprügelt hat. Wie ich gedacht habe, ich muss, sterben und meiner Flucht.

Von der Zeit im Krankenhaus und meinen Panikattacken. Während unseres Gesprächs, bei dem eigentlich nur ich rede, macht er sich ein paar Notizen. Erst als ich geendet habe, stellt er mir ein paar Fragen.

»Hat er etwas gesagt, während er dich verprügelt hat? Wo war er, als du aufgewacht bist? Gibt er zu dich geschlagen zu haben?«

»Er hat so gut wie nichts gesagt, jedenfalls erinnere ich mich nicht. Wo er war, als ich aufgewacht bin weiß ich nicht und zugeben wird er das niemals.«

Zwei Cocktails später bin ich schon mehr wie beschwipst und denke, dass es besser ist, wenn ich nach Hause gehe. Doch ich fühl mich eigentlich ganz wohl in der Gesellschaft von Sebastian.

»Möchtest du nach Hause oder trinken wir noch einen Cocktail?«

Er klingt kein bisschen angetrunken!

»Für mich einen Alkoholfreien bitte. Noch einen vertrage ich nicht.«

»Nein dann bringe ich dich lieber nach Hause.«

»Einverstanden.«

Wir winken der Kellnerin, die uns sofort die Rechnung bringt. Sebastian zahlt und grinst mich an.

»Das kann ich von der Steuer absetzen.«

Wenn er das sagt, wird es schon stimmen, denke ich. Ich ziehe meine Jacke an und wir gehen hinaus. Wie gut das ich es wirklich nicht weit habe.

»Wenn du den Artikel fertig hast, möchte ich ihn aber zuerst sehen und meinem Anwalt zeigen, nicht dass es gegen irgendein Gesetz verstößt und Christian nicht eingebuchtet wird.«

Ich lalle, oh mein Gott wie peinlich.

»Selbstverständlich!«

Wir stehen bei mir von der Tür, ich verabschiede mich und gehe hoch in meine Wohnung. Ohne mich auszuziehen, falle ich ins Bett.

Als ich wieder aufwache, mache ich mich fertig und gehe zum Arzt, es ist mir, egal wie ich aussehe, ich muss mich ablenken, wieder unter Menschen kommen, ich will wieder zur Arbeit.

Als ich ankomme, ist das Wartezimmer voll, ich muss stehen. Zu meinem Glück leert es sich aber schnell. Viele sind nur zum Blutabnehmen da. Der Arzt lässt sich bei der Untersuchung sehr viel Zeit, er klopft hier, hört da, nickt und schüttelt den Kopf. Ich lasse alles über mich ergehen, ich will unbedingt arbeiten gehen. Beim Abschlussgespräch legt er mir nahe, noch 2 Wochen Zuhause zu bleiben, aber ich will nicht. Ich verspreche nicht schwer zu heben und ausrechend Pausen zu machen und er schreibt mich nach langem Hin und Her wieder gesund.

Kapitel 16

Als ich den Laden am nächsten Morgen betrete, freut Marie sich riesig mich zu sehen. Sie stürmte auf mich zu und nimmt mich in ihre Arme.

»Ich freu mich ja so, lass dich ansehen, wie geht es dir?«

»Soweit wieder ganz gut. Die Rippen tun noch ein wenig weh und lachen kann ich auch noch nicht. Alles in allem so gut, dass ich dachte, ich könnte dir ruhig etwas auf die Nerven gehen.«

»Darfst du denn arbeiten? Was sagt der Arzt?«

Stolz präsentiere ich ihr meinen Zettel, er ist schon leicht zerknüllt und etwas feucht vom Schweiß. Der Weg hierher hat mich einiges an Überwindung gekostet, trotzdem will ich hier sein, arbeiten, auf andere Gedanken kommen, mit Menschen reden und nicht nur mit mir selbst.

»Ich darf nur nicht so schwer heben, also Mehlsäcke schleppen fällt aus.«

»Kein Problem du kannst verkaufen oder putzen, alles andere bekommen wir auch so hin.«

Sie nimmt mich nochmal in die Arme,

»Es ist wirklich schön, dich zu sehen!«

Sie gibt mir einen kleinen Klaps auf den Hintern, nimmt mir meinen Zettel aus der Hand, ohne ein Wort darüber zu verlieren, wie feucht er ist, schiebt mich nach hinten und gibt mir meine Schürze.

Ich lächel sie an, binde mir die Schürze um und klatsche voller Tatendrang in die Hände.

Ich sortiere Brote ein, stelle Preisschilder auf und rede in einer Tour mit Marie. Wenn ein Kunde unseren Laden betrit, zucke ich zusammen, die Angst sitzt eben tief, doch es gelingt mir mich nicht zu verstecken oder laut aufzuschreien.

Nach ein paar Stunden kann ich sogar mit den Kunden reden und sie anlächeln. Kurz vor Feierabend bin ich zwar müde aber auch sehr glücklich. Ich habe heute einiges geschafft, ich fühle mich nicht mehr, als wenn ich auf der Stelle trete.

»Sag mal Marie, ist dein Traumprinz eigentlich heute hier gewesen zum Frühstück?«

»Nein und ich glaube auch nicht, dass er nochmal herkommt. Ich war letzte Woche noch einmal bei ihm und habe ihm eine Szene gemacht. Ich habe ihn angeschrien und geschlagen und ihn zum Teufel gewünscht. Außerdem habe ich ihm verboten, noch einen Fuß in den Laden zu setzen.«

»Und das hat er einfach so hingenommen?«

Ich bin erstaunt, ich an seiner Stelle hätte nicht so mit mir reden lassen und sie ausgelacht.

Marie schüttelt den Kopf und bekommt rote Flecken im Gesicht.

»Nein natürlich nicht. Er hat mich ausgelacht und mich aus seiner Wohnung geschoben, ich konnte nicht anders. Ich habe mich zu ihm umgedreht ihn lieb angelächelt und ihm in seine Kronjuwelen getreten.«

»Das hast du nicht«, rufe ich gespielt schockiert.

»Doch habe ich und danach verdeutlicht, dass ich ihn nicht mehr sehen will. Ich glaube, das war ihm eine Lehre!«

Ich gehe zu ihr und drücke sie an meine Brust.

»Gut so. Er hat es verdient.«

»Danke«, nuschelt sie und drückt sich von mir weg.

»Lass uns den Laden abschließen und etwas essen gehen, ich habe hunger, außerdem müssen wir deinen Wiedereinstieg ins Arbeitsleben feiern.«

»Das ist eine sehr gute Idee. Moquito?«

»Wo denn sonst Dummerchen?«

In meinem Lieblings Restaurant angekommen setzen wir uns an einen Zweiertisch, der am Fenster steht. Ich liebe es, aus dem Fenster zu sehen und die Menschen die vorbei hetzen zu beobachten. Durch einen Kellner, der sich vor unserem Tisch aufbaut, werde ich aus meinen Gedanken gerissen.

»Hi mein Name ist Klaus, hier sind eure Karten, ruft mich, wenn ihr bestellen möchtet.«

»Danke«, stammel ich, Marie sagt gar nichts, sie sieht ihn nur mit weit aufgerissenen Augen und offenem Mund an.

Als Klaus geht, verrenkt Marie sich fast den Hals um ihm nachsehen zu können.

»Hallo? Erde an Marie!«

»Wie, was, wo? Oh!«

Sie läuft bis zu den Haarwurzeln rot an.

»Komm schon, der ist wirklich süß. Hast du seinen kleinen Knackarsch gesehen? Und die schwarzen Locken oder das Grübchen im rechten Mundwinkel?«

»Nein ist mir nicht aufgefallen«, gebe ich ehrlich zu.

»Wollen wir jetzt bestellen? Ich habe Hunger.«

Marie nickt, ich sehe, wie sie die Karte vor ihr Gesicht hält, allerdings sieht sie nicht hinein, sie sucht Klaus um ihn weiter anstarren zu können. Von mir bekommt sie einen leichten Tritt gegen das Schienbein.

»Mach das doch nicht so auffällig« Er kommt doch gleich wieder.«

Sie streckt mir die Zunge raus und vertieft sich in die Karte, dieses Mal wirklich.

Es dauert nicht lange und Klaus steht wieder vor uns, ich bestelle eine Pizza und eine Bahama Mama. Marie stottert vor sich hin, ich muss mich zusammenreißen, dass ich nicht zu lachen anfange. Es wäre zu gemein. Nachdem Marie es endlich geschafft hat, zu bestellen, sehe ich wieder hinaus.

»Ich bin gleich wieder da«, rufe ich Marie zu, als ich aufspringe und hinaus laufe. Sebastian ist gerade um die Ecke gebogen, wenn ich mich beeile, kann ich ihn noch einholen.

»Sebastian! Sebastian warte mal.«

Etwas irritiert sieht er sich um, doch als er mich sieht, hellt sich seine Miene auf und er fängt an zu grinsen.

»Hey, na wie geht es dir?«

»Gut, ich arbeite seit heute wieder, Marie und ich sitzen drinnen und feiern, magst du dich dazu setzen?«

»Also eigentlich wollte ich gerade … ja das würde ich sehr gerne!«

Ich hake mich bei ihm ein und zusammengehen wir zurück. Warum fühle ich mich in seine Gegenwart eigentlich so sicher? Egal, heute will ich genießen und feiern, mehr nicht!

»Marie, das ist Sebastian, mein Retter in der Not, er feiert mit uns, wenn du nichts dagegen hast.«

»Nein, setzt euch.«

Ich kann nicht aufhören zu grinsen, ich schiebe Sebastian die Karte hin.

»Das geht heute alles auf mich, bestell, was du willst.«

»Es freut mich, zu sehen, dass es dir besser geht, deine ganze Ausstrahlung hat sich verändert. Du siehst selbstbewusst aus und entspannt.«

»Danke!«

Klaus kommt und Sebastian bestellt, Marie seufzt, als er wieder geht, und starrt ihm hinterher. Sebastian beugt sich verschwörerisch zu mir und flüstert.

»Ist sie verliebt oder was ist mit ihr los?«

Ich flüster genauso leise zurück.

»Ich weiß es nicht genau, aber sie kann die Augen nicht von ihm lassen, ich glaube der Abend wird lustig.«

»Das glaube ich auch.«

»Was tuschelt ihr denn da?«

»Nichts!«

Antworten wir, wie auf Kommando und lachen los. Die Leute an den Nachbartischen gucken uns böse an, doch es ist uns egal.

Marie guckt uns weiter böse an, allerdings nur bis Klaus unsere Cocktails vor uns abstellt.

»Sag mal Klaus, wann hast du denn Feierabend?«

Marie klimpert mit den Wimpern und wirft ihr langes braunes Haar zurück.

»Ähm, wenn hier alle gegangen sind. Warum?«

»Ach nur so.«

Ich sehe, dass Marie enttäuscht ist, sie hätte den Abend gerne mit ihm verbracht.

Verwirrt schüttelt Klaus dem Kopf und geht zurück zur Theke. Marie seufzt und lehnt sich in ihrem Stuhl zurück.

»Ich glaube, ich habe keine Lust den ganzen Abend hier zu sitzen und diesen Kerl anzuschmachten.«

»Dann lass es doch und konzentrier dich auf mich.«

Ich strecke ihr die Zunge raus, was sie mit einem leichten Tritt gegen mein Schienbein kommentiert.

»Aua! Was soll denn das?«

»Die Rache folgt mit dem Fuße. Guck nicht so, ich weiß, dass es anders heißt.«

Ich reibe über mein Schienbein und lache, bis mir die Tränen kommen. Was ist denn heute nur los? Sebastian legt seine Hand auf meine Schulter, um mich zu beruhigen. Mich durchzuckt ein Blitz und tausend kleine Schmetterlinge in meinem Bauch fliegen auf. Ich sehe ihn an und wische die Tränen weg. Ich habe Schwierigkeiten wieder wegzusehen. Erst jetzt fallen mir seine grünen Augen auf. Sie sind so klar, wie Smaragde, mit braunen sprenkeln. Verwirrt setze ich mich wieder ordentlich hin und nehme mein Cocktailglas in die Hand. Ich zittere leicht, ich hoffe es bemerkt keiner.

Es ist ruhig geworden an unserem Tisch, jeder hängt seinen Gedanken nach. Doch als mein Magen laut knurrt, fangen wir wieder zu lachen an und als hätte Klaus es auch gehört, steht er mit unserem Essen am Tisch.

»Bitte lasst es euch schmecken.«

»Danke«, antworten wir im Chor.

Genüsslich beiße ich in das erste Stück Pizza und zum Dank zieht sich mein Magen zusammen und fängt an, das ganze fettige Zeug zu verdauen. Nicht ganz ohne noch ein paar Geräusche von sich zu geben, doch weder Marie noch Sebastian scheint es zu stören.

An diesem Abend muss Klaus noch ein paar Mal zu uns kommen, wir bestellen einen Cocktail nach dem anderen. Dass ich morgen wieder arbeiten muss, verdränge ich lieber. Es zählt nur das Hier und Jetzt. Der Alkohol macht mich locker und ich schaffe es, ungezwungen mit Sebastian umzugehen, in der Zeit, wo Marie nur körperlich anwesend ist, führen wir zwanglose Gespräche über Gott und die Welt. Ich erfahre, dass er nicht ganz freiwillig Journalismus studiert hat. Seinem Vater gehört die örtliche Zeitung, »der Stadtanzeiger«.

Ich weiß nicht, ob ich beeindruckt sein, oder Mitleid mit ihm haben soll.

Sebastian sieht mir an, dass ich ein wenig verstört bin, beschwichtigend legt er seine Hand auf meine.

»Halb so wild, im Nachhinein muss ich sagen, dass es mir großen Spaß macht. Ich komme im Landkreis herum und lerne viele verschiedene Menschen kennen. Einige von ihnen sind heute meine besten Freunde.«

»Na dann.«

Mehr bringe ich nicht heraus, ich habe einen dicken Kloß im Hals, die Schmetterlinge in meinem Bauch werden zu Ameisen. Ich habe das unbeschreibliche Verlangen Sebastian zu küssen. Doch ich lasse es, zu frisch sind meine Wunden, ich kann nicht über meinen Schatten springen.

Ein klein wenig ärgere ich mich über mich selbst, warum bin ich so widersprüchlich? Warum kann ich meine Gefühle nicht einfach zulassen? Mal ganz davon abgesehen, dass ich nicht mal weiß, was Sebastian über mich denkt, wie er mich sieht. Bin ich für ihn nur eine Freundin oder habe ich die Chance mehr für ihn zu werden?

Egal, ich ziehe meine Hand unter seiner weg und greife zu meinem Cocktail. Hastig trinke ich einen großen Schluck.

»Ich geh mal eben an die Theke. Ich muss Klaus einfach fragen, ob er mit mir ausgeht, bis gleich.«

Ich starre Marie hinterher, wie sie zielstrebig zu Klaus geht, ihm auf die Schulter tippt und sich mit ihm unterhält. Ihre Wangen sind feuerrot und ihre Arme fuchteln unkontrolliert.

Sebastian stupst mich an.

»Sie hat Mut, das muss ich zugeben, ich bin für den ersten Schritt viel zu schüchtern.«

Ich verschlucke mich, ist das eine Anspielung? Nein das glaube ich nicht. Das ist nur das, was ich glauben möchte.

»Ich auch«, schaffe ich halb erstickt zu flüstern.

Vorsichtig klopft Sebastian mir auf dem Rücken.

»Alles in Ordnung?«

»Ja schon gut, ich habe mich nur verschluckt.«

»Ich habe Lust zu tanzen, kann man hier tanzen?«

Ich schüttel den Kopf,

»Nein dazu musst du nach klein Berkel fahren, da ist die Disco für Jung und Alt.«

»Ich war noch nie da. Wollen wir hinfahren?«

»Nein ich kann nicht, ich muss morgen wieder arbeiten.«

»Schade, wie wäre es, wenn wir am Wochenende hingehen? Marie du ich und noch ein paar Freunde? Das könnte lustig werden.«

»Ich überlege es mir, obwohl mir ein bisschen Ablenkung sicher nicht schadet.«

»Das denke ich auch.«

Mit hochrotem Kopf und einem breiten Grinsen im Gesicht setzt Marie sich wieder zu uns.

»Es hat geklappt, ich habe ein Date am Freitagabend, du weißt hoffentlich, was das heißt, oder Joy?«

»Ja weiß ich. Ich schmeiße den Laden am Samstag mit Elisa alleine. Kein Problem ich schulde dir ja noch was.«

»Genau!«

Ich wende mich Sebastian zu,

»Dann ist die Entscheidung wohl gefallen, wir gehen Samstag aus.«

»Einverstanden.«

Ich rufe Klaus zu uns an den Tisch und bezahle die Rechnung.

»So ihr lieben, mir ist egal, was ihr jetzt macht, ich gehe nach Hause.«

Ich küsse Marie rechts und links auf die Wange, winke Sebastian zu und verlasse das Moquito.

Ich fühle mich wirklich gut und ich freue mich auf das Wochenende.

Zuhause gehe ich schnell duschen und dann ins Bett, es ist spät und ich muss morgen wieder früh raus.

Gut gelaunt und ohne Kopfschmerzen gehe ich am nächsten Tag zur Arbeit. Seit ich nicht mehr jeden Tag im Dateluck chatte, habe ich viel mehr Freizeit! Klar fehlt es mir manchmal, aber aus Fehlern lernt man.

»Guten Morgen!«

Verblüfft sieht Elisa mich an.

»Guten Morgen«, grummelt sie.

»Wo ist denn Marie?«

»Die hat sich krankgemeldet, ich musste meinen Arzttermin absagen.«

»Oh das tut mir aber leid.«

Ironisch grinse ich sie an, wenn jemand Grund hat, sich zu beschweren dann Marie und ich, Elisa ist ständig krank oder hat ein Problem, weswegen sie nicht zur Arbeit kommen kann. Das der Chef sie noch nicht rausgeschmissen hat ist ein Wunder. Aber ich will mir meine gute Laune nicht verderben lassen, ich gehe nach hinten, lege meine Tasche ab, binde mir die

Schürze um und fange an Brot und Brötchen aus dem Ofen zu ziehen.

»Wie wäre es, wenn du anfängst, zu arbeiten, und hier vorne hilfst!«

Elisa klingt sauer und langsam werde ich das auch. Ich arbeite doch. Ich gehe nach vorne,

»Was ist denn mit dir los? Kommst du nicht mal damit klar Luft zu bedienen? Hier ist nicht ein einziger Kunde, und wenn ich den Ofen nicht ausgemacht hätte, wären Brot und Brötchen jetzt verbrannt!«

»Ach leck mich doch!«

Sie stößt mich beiseite und rennt in die Backstube, verwirrt gehe ich ihr hinterher.

Sie ist dabei die Schürze abzulegen, als sie ihre Handtasche nimmt, werde ich sauer.

»Kannst du mir mal erklären, was du vorhast? Wo willst du hin?«

»Ich geh nach Hause! Mir doch, egal wie ihr hier klarkommt!«

»Das kannst du nicht machen! Dann bin ich ja alleine hier!«

»Es ist doch sowieso nichts los! Du schaffst das schon!«

Elisa rennt an mir vorbei, und bevor ich noch etwas sagen kann, ist sie zur Tür hinaus.

Das lasse ich nicht auf mir sitzen, ich greife, zum Telefon, ich will den Chef anrufen. Allerdings ist besetzt, eine ältere Dame kommt in den Laden und ich vergesse mein Vorhaben. Erst als sich am Nachmittag der Laden füllt und ich nicht mehr weiß, wie ich das alles alleine hinbekommen soll, fällt mir unser Chef wieder ein. Als ich zum Telefon greife und gerade die

Nummer wähle, kommt der Chef höchstpersönlich in den Laden.

»Das ist gut das sie vorbeikommen.«

Begrüße ich ihn. Herr Ziebig hebt die Hand und bringt mich zum Verstummen.

»Ich habe da so einiges gehört Johanna und es tut mir leid, ich muss sie entlassen.«

Mir bleibt vor Erstaunen der Mund offen stehen.

»Wie meinen sie das ich bin entlassen?«

»Sie sind doch ein kluges Mädchen, dann können sie sich auch denken, warum ich das tun muss!«

»Nein wirklich nicht! Ich weiß, nicht warum sie mich entlassen wollen!«

Herr Ziebig lässt mich stehen und geht in die Backstube. Ich bin verwirrt und versuche mich zu erinnern, was ich angestellt habe, dass ich die Kündigung verdiene. Es ist ja nicht meine Schuld, dass ich verprügelt wurde und deswegen nicht arbeiten konnte. Nach Feierabend gehe ich in die Backstube, das soll mir der Chef mal erklären.

»Herr Ziebig? Können wir noch einmal darüber reden? Ich verstehe wirklich nicht, warum sie mich feuern.«

Er schüttelt den Kopf, kommt zu mir und tätschelt meine Schulter.

»Habe sie wirklich geglaubt, dass es nicht auffällt, wenn sie ihre Kollegin hier einfach im Stich lassen? Meinen sie wirklich ich bekomme nicht mir wenn sie, statt zu arbeiten, draußen stehen und rauchen? Oder den Kunden gegenüber unfreundlich sind?«

»Wie bitte? Was? Aber.«

Das ist ja wohl die Höhe! Nicht ich habe mich so verhalten, sondern Elisa!

»Ich bin immer nett zu den Kunden, ich berate sie gut und abgehauen bin ich bis jetzt auch noch nicht! Okay doch, ja einmal aber Marie war einverstanden! Es war sowieso nicht viel los! Ansonsten bin ich immer pünktlich immer freundlich und immer hier! Elisa ist die, die ständig abhaut oder erst gar nicht auftaucht, die Kunden anmotzt, wenn sie sich nicht entscheiden können und so weiter! Das ist ungerecht! Wer hat ihnen den ganzen Schwachsinn eigentlich erzählt?«

»Das braucht mir keiner zu erzählen, das habe ich selbst mitbekommen.«

»Fragen sie Marie, es stimmt nicht, was sie da behaupten.«

Herr Ziebig baut sich vor mir auf und ich werde klitzeklein. Genauso fing es an, als Christian mich verprügelt hat.

»Zum nächsten Ersten arbeiten sie nicht mehr bei mir und da sie noch Urlaubsanspruch haben will ich sie bis dahin auch nicht sehen.«

Ich schnappe meine Tasche vom Tisch und stürme hinaus. Dann eben nicht, ich werde schon etwas anderes finden.

Im Laufen krame ich mein Handy raus und rufe bei Marie an. Doch sie nimmt nicht ab. Ich beschließe sie zu besuchen.

Ich gehe noch schnell in den Blumenladen und kaufe einen kleinen bunten Frühlingsstrauß.

Kapitel 17

Marie ist nicht wirklich krank, sie hat gestern Abend nur zuviel getrunken. Sie kocht uns einen Kaffee und ich erzähle ihr von Herrn Ziebig und das ich ab sofort arbeitslos bin.

»Weißt du, wenn ich es nicht besser wüsste, würde ich sagen der Ziebig und Elisa haben, was am laufen!«

»Ja haben sie auch! Sag mal hast du das denn nicht mitbekommen? Seit einem Jahr schlafen sie miteinander. Warum glaubst du, ist sie immer schon vor allen anderen in der Bäckerei? Der Chef backt Brot, Brötchen und so weiter vor, und während er wartet, vögelt er Elisa«

Mir läuft es eiskalt den Rücken runter, das ist ja eklig!

»Das ist widerlich! Ich habe große Lust ihr eins auszuwischen! Am liebsten würde ich alles ihrem Mann erzählen, ach ja und dem Chef seiner Frau.«

»Das bringt ja nur leider nichts! Weißt du, wozu ich schon immer Lust hatte?«

»Nein.«

Ich wollte schon immer ein eigenes Café haben. Backen kann ich, Torten, Kuchen Muffins und so weiter bekomme ich ohne Probleme hin."

»Die Idee finde ich gar nicht so schlecht! Allerdings gibt es in Hameln schon zu viele Cafés, du würdest gnadenlos untergehen.«

»Das ist das Problem! Man müsste das Café mit irgendetwas bahnbrechendem kombinieren. Etwas das es so noch nicht gibt.«

»Aber was?«

»Keine Ahnung!«

»Willst du was wegen dem Ziebig unternehmen oder ist es dir egal?«

»Momentan ist es mir egal! Ich will die Gerichtsverhandlung hinter mich bringen und dann sehen wir weiter! Es sind nur noch 22 Tage bis dahin.«

»Ich bin als Zeugin geladen also bist du nicht allein.«

»Meine Mutter kommt auch! Machst du uns noch einen Tee oder gehen wir meine Freiheit feiern?«

Marie erstarrt in ihrer Bewegung und sieht mich entgeistert an.

»Na toll, mein Date! Ich kann mich nicht mit Klaus treffen! Du solltest meine Schicht übernehmen.«

»Oh nein! Daran habe ich nicht gedacht, es tut mir leid und jetzt?«

»Ich rufe ihn an und sage, das wir das Date auf Samstag verschieben müssen. Alles kein Problem.«

Ich lache innerlich. Ich habe jetzt alle Zeit der Welt, ich kann Sebastian anrufen und mich heute schon mit ihm treffen! Das ist die Idee! Warum warten? Ich hole mein Handy aus der Handtasche und drücke die Wahlwiederholung. Es klingelt und klingelt und klingelt, aber nicht einmal die Mailbox springt an. Dann eben nicht!

Als Marie wieder bei mir ist, grinst sie von einem Ohr zum anderen.

»Na alles gut gegangen?«

»Ja ist es, Klaus hat gesagt, wenn ich möchte, soll ich heute Abend trotzdem ins Moquito kommen. Ein Cocktail kann nicht schaden meint er! Kommst du mit?«

Energisch schüttel ich den Kopf.

»Nein!"

Marie fixiert mich mit ihrem Blick, ich schüttel immer noch den Kopf.

»Nein du kannst mich nicht umstimmen! Aber lass dich nicht erwischen sonst bist du deinen Job auch noch los.«

»Keine Angst ich pass auf mich auf.«

»Dann geh ich jetzt nach Hause und genieße meine freie Zeit, machs gut.«

Ich küsse sie auf die Wange und gehe.

Kaum das Ich zur Haustür raus bin, klingelt mein Handy.

»Liebig?«

»Hi ich bin es Sebastian, du hast versucht mich anzurufen, alles in Ordnung?«

»Ja alles okay ich wollte nur fragen, ob wir heute Abend schon was zusammen unternehmen wollen, ich habe meinen Job verloren und morgen frei.«

Irgendwie freut es mich, dass ich jetzt arbeitslos bin, ich weiß ich finde bestimmt schnell einen neuen Job.

»Ja gerne, was schwebt dir denn vor?«

»Ich weiß nicht, was hältst du von einem gemütlichen DVD Abend zuhause?«

»Im Prinzip eine gute Idee, nur ist mein DVD-Player gerade kaputt, wenn du nichts dagegen hast, komme ich zu dir.«

Ich muss schwer schlucken, bei mir sieht es aus, als hätte eine Bombe eingeschlagen!

»Ja ähm, klar gerne«, stotter ich.

»Wann denn? Und welchen Film wollen wir und ansehen? Wer besorgt das Knabberzeug? Ich habe nichts da außer Alkohol.«

»Ich besorge beides! Ich würde sagen, ich bin gegen acht bei dir.«

Ich nehme das Handy vom Ohr und sehe auf die Uhr, drei Stunden, ich habe nur drei Stunden um meine Wohnung sauber zu machen. Das ist zu schaffen.

»Super also bis um acht.«

Ich lege auf und renne nach Hause. Als ich die Wohnungstür aufschließe, schmeiße ich meine Jacke und die Handtasche auf die Kommode und renne wie von der Tarantel gestochen in jedes Zimmer und reiße die Fenster auf. Danach räume ich den Geschirrspüler ein, knote den Müllsack zu und stelle ihn auf den Flur. Nachdem ich alles abgeseift, gefegt und gewischt habe, setze ich meinen Reinigungsmarathon im Bad, im Wohnzimmer und in meinem Schlafzimmer fort. Auch wenn es dort am längsten dauert. Die Wäsche legt sich nicht von selbst zusammen und geht in den Kleiderschrank.

Als ich endlich fertig bin, habe ich sogar noch zwanzig Minuten Zeit. Ich springe schnell unter die Dusche. Als ich mich gerade angezogen habe, klingelt es an der Tür. Zur Begrüßung bekomme ich einen Kuss auf die Wange.

Er geht ins Wohnzimmer, ich bleibe im Flur wie angewurzelt stehen und berühre die Stelle, die Sebastian geküsst hat.

»Reiß dich zusammen. Er ist ein Freund mehr nicht«, flüster ich mir selbst zu. Ich straffe die Schultern setze ein Lächeln auf und gehe ihm hinterher.

»Was hast du denn für einen Film mitgebracht?«

»Ich hoffe du erschlägst mich nicht, ich habe ein paar Actionfilme mitgebracht! Stirb langsam eins bis vier.«

»Das ist nicht dein Ernst oder?«

»Doch!«

Unsicher spielt Sebastian an der DVD - Hülle herum.

»Ich liebe die Filme!«

»Wirklich?«

»Wenn ich es doch sage, gib her!«

Ich reiße ihm die Hüllen aus der Hand. Nachdem ich den ersten Film eingelegt habe, setze ich mich auf die andere Seite des Sofas, weit weg von Sebastian. Ich befürchte, er könnte mein Herz klopfen hören. Warum bin ich nur so nervös?

Es macht mich verrückt ihn hier in meiner Wohnung zu sehen. Ich kann sein Aftershave riechen, es kostet einiges an Konzentration, dem Film zu folgen.

Dennoch kann ich nicht anders, ich muss ihn immer wieder ansehen. Einmal bin ich nicht schnell genug und unsere Blicke treffen sich, Sebastian schenkt mir ein strahlendes Lächeln und mein Herz setzt einen Schlag lang aus. Ich hoffe er bemerkt es nicht.

Er ist ein Freund und soll es auch bleiben. Als der erste Film vorbei ist, merke ich, wie ich müde werde, doch abbrechen kommt für mich nicht infrage.

»Willst du auch einen Kaffee?«

»Ja gerne, ich lege schon mal den anderen Film ein.«

Bevor ich aufstehen kann, tut er es, er klettert über mich rüber und fasst mir, weil er ins Taumeln kommt, auf die Schulter.

Tausend Blitze jagen durch meinen Körper, mein Herzschlag beschleunigt sich und mir wird heiß. Als er mich loslässt, springe ich auf und haste in die Küche. Ich öffne den Kühlschrank und hole eine Flasche Cola raus. Ich halte sie mir zur Abkühlung an die Stirn und versuche meinen Herzschlag wieder unter Kontrolle zu bringen. Ich kann es nicht mehr leugnen, ich bin verliebt! Wie kann das passieren? Warum ausgerechnet in Sebastian? Schon wieder habe ich mich in den falschen Mann verliebt. Warum ausgerechnet jetzt?

»Joy? Es geht weiter, wo bleibst du denn?«

»Ähm, ich bin gleich fertig.«

Schnell setze ich Kaffee auf, bevor ich wieder zurück ins Wohnzimmer gehe, atme ich dreimal tief durch.

»Reiß dich zusammen und hör auf ihn anzustarren.«

Ich setze mich dahin, wo ich vorher gesessen habe, Sebastian setzt sich direkt neben mich und ich höre für einen Moment auf zu atmen und werde ganz steif.

Er lächelt mich an und schaut dann wieder zum Fernseher.

Meine Konzentration ist dahin, der Film interessiert mich nicht mehr. Ich versuche mich zu entspannen, aber es gelingt mir nicht wirklich. Meine Hände sind schweißnass und mein Atem geht schnell und flach.

»Ist etwas nicht in Ordnung? Ich habe das Gefühl, du fühlst dich nicht wohl.«

„Nein, nein alles in Ordnung, wirklich! Der Film ist nur so spannend!"

Eine Lüge, ich weiß aber etwas Besseres fällt mir nicht ein, wie soll ich mein Verhalten denn sonst erklären?

Sebastian beugt sich nach vorne, um sich ein paar Chips aus der Tüte zu nehmen. Als er sich wieder aufsetzt, schwankt er leicht und krümelt das Sofa voll.

»Oh, Entschuldigung!«

»Kein Problem.«

Zusammen wischen wir die Krümel auf den Boden, und als ich aufsehe, ist sein Gesicht so nah an meinem, das sein Atem eine meiner Haarsträhnen umherwirbelt.

Schnell richte ich mich auf und versuche mich abermals auf Bruce und die Schurken zu konzentrieren.

Sebastian, der meine Anspannung falsch versteht, nimmt meine Hand in seine und lächelt mich an. Ich habe das Gefühl unter seinem Blick zu schmelzen wie Eis in der Sonne.

»Entschuldige, dass ich dir so nahe gekommen bin. Aber du musst wissen, ich bin dein Freund, ich tue dir nicht weh. Ich passe auf dich auf, versprochen.

»Ja ich weiß!«

Am liebsten würde ich ihm sagen, wie gerne ich ihn habe, doch ich trau mich nicht. Eine einzelne Träne rinnt meine Wange hinunter. Sebastian wischt sie weg und drückt mich an sich. Ich stoße ihn weg, entschuldige mich und renne zur Toilette.

Ich spritze mir gerade Wasser ins Gesicht, als es an der Tür klopft.

»Joy? Es tut mir leid, ich wollte dir nicht zu nahe kommen.«

»Es ist alles in Ordnung!«

»Warum glaube ich dir nicht?«

Als ich ihm auf dem Flur gegenüberstehe, sehe ich, dass er sich Sorgen macht.

Alles, woran ich denken kann, sind seine Lippen auf Meinen. Ich gehe noch einen Schritt auf ihn zu, stelle mich auf die Zehen und küsse ihn auf die Wange. Nur für einen kurzen Augenblick bleibe ich genau so stehen. Ich erforsche mein Herz, soll ich ihn richtig küssen oder mich zurückziehen? Ich atme sein Aftershave tief ein. Die Schmetterlinge in meinem Buch fliegen wieder auf. Ich muss es ihm sagen, sofort! Doch bevor ich etwas sagen kann, nimmt Sebastian mich an die Hand und zieht mich zurück ins Wohnzimmer.

Wortlos setzen wir uns aufs Sofa, die Atmosphäre hat sich merklich verändert. Irgendetwas ist passiert.
Ich habe das Bedürfnis zu reden und nie wieder aufzuhören.
»Sebastian, ich glaube, ich muss dir etwas erklären.«
»Nein das brauchst du nicht! Bitte sag nichts, ich halte mich zurück versprochen. Sollte es mir mal nicht gelingen, darfst du mich gerne an das eben gegebene Versprechen erinnern.«
»Was wenn ich das gar nicht möchte?«
Jetzt habe ich Sebastians ungeteilte Aufmerksamkeit, er hat den Fernseher ausgeschaltet und sich aufrecht hingesetzt.
»Wie meinst du das? Was möchtest du nicht?«
Was habe ich angestellt? Warum habe ich den Mund aufgemacht? Jetzt muss ich ihm Rede und Antwort stehen.
»Ich glaube, ich habe mich in dich verliebt!«
Einatmen, ausatmen … ich bete zu Gott, dass er dasselbe für mich empfindet.
Sebastian sitzt nur da, er sieht mich weiter an, nicht mal seine Mimik hat sich verändert.
»Alles ok? Wenn du nichts für mich empfindest, kannst du mir das sagen.«
Ich merke, wie ich immer unsicherer werde. In Gedanken flehe ich ihn an etwas zu sagen.
»Sebastian bitte, lass mich bitte nicht in der Luft hängen.«
Er schüttelt leicht den Kopf.
Ich möchte aufspringen und weglaufen, nur schwer kann ich mich zwingen sitzen zubleiben. Ich weiß nichts mit mir anzufangen, während Sebastian verstummt ist, knete ich meine Hände und sehe mich

unsicher in meinem Wohnzimmer um. Ich habe vergessen, die Spinnweben zu entfernen. In der vorderen linken Ecke sitzt eine Spinne und spinnt ihr Netz.

Ich fühle mich wie eine Fliege, die ins Netz gegangen ist und jetzt in der Falle sitzt. Ob er mir glaubt, wenn ich jetzt aufspringe und schreie.

»Überraschung, es war alles nur Spaß?«

»Ich bin wirklich baff Joy, ich weiß nicht, was ich sagen soll. Bist du dir ganz sicher? Ich meine weißt du, was du redest? Wie kann es sein das du dich, nach allem, was du durchgemacht hast, in mich verliebst?«

Mist, kann man die Zeit zurückdrehen? Ich habe einen Fehler gemacht.

»Ich weiß, wie sich das für dich anhören muss! Aber es ist wirklich so. Ich habe Schmetterlinge im Bauch, wenn ich an dich denke. Ich bin jedes Mal nervös, wenn wir uns treffen, ich träume von dir und genieße deine Nähe.«

Sebastian legt seine Hand auf meine Wange, ich schmiege mich an ihn. Ich möchte ihn so gerne küssen.

»Mir geht es ähnlich. Ich kann mir gut vorstellen, mit dir zusammen zu sein. Doch ich glaube, dass es jetzt, in dieser Situation, falsch ist. Versteh mich nicht falsch. Ich bin für dich da, ich lass dich nicht im Stich aber wir sollten es langsam angehen lassen, und wenn du die Gerichtsverhandlung hinter dich gebracht hast, sehen wir weiter! Okay?«

Ich nicke und schlucke den dicken Kloß in meinem Hals hinunter. Er hat Recht, ich bin mir meiner Gefühle zwar sicher, doch was, wenn ich einfach nur jemanden suche der mir durch die schwere Zeit hilft.

»Ich geh nach Hause. Ich rufe dich morgen an, versprochen.«

Etwas traurig geleite ich ihn zur Tür, zum Abschied küsst er mich auf die Wange. Auch wenn ich jetzt nicht sagen kann, dass ich einen Freund habe, bin ich glücklich. Sebastian hat etwas sehr Wichtiges gesagt! Er mag mich genauso wie ich ihn und das ist alles, was ich momentan wissen muss.

Kapitel 18

Die letzten Tage bis zur Verhandlung vergehen wie im Flug.

In der Nacht habe ich unruhig geschlafen immer und immer wieder habe ich mich gefragt, was da heute wohl auf mich zu kommt.

Schafft Dirk es zu beweisen, dass Christian mich verprügelt hat? Kann ich Christian in die Augen sehen, ohne meine Fassung zu verlieren? In den letzten Tagen habe ich mir öfter als jemals zuvor vorgestellt, Christian den Hals umzudrehen.

Ich koche mir einen Kaffee und rufe Sebastian an.

»Guten Morgen, wie hast du geschlafen?«

»Gut soweit«, er gähnt.

»Habe ich dich geweckt?«

»Ja aber das ist nicht so schlimm, mein Wecker hätte auch gleich geklingelt, wie hast du geschlafen?«

»Unruhig! Ich weiß immer noch nicht, ob ich das überstehe. Ich habe so große Angst.«

»Wie wäre es, wenn ich Brötchen kaufen gehe und wir frühstücken zusammen?«

»Gerne, bis gleich.«

»Bis gleich!«

Jetzt geht es mir besser. Sebastian hat zwar gesagt, er braucht Zeit um sich seiner Gefühle klar zu werden, doch er ist immer für mich da. Er nimmt mich in die Arme, wir kuscheln auf dem Sofa und verbringen Stunden damit uns zu unterhalten. Ich fühle mich wohl in seiner Nähe und hoffe immer, dass er mich endlich küsst. Manchmal ist mir ganz schlecht vor Aufregung, wenn er wieder einen Besuch angekündigt hat. Heute habe ich keine Schmetterlinge im Bauch, heute sind es

Wackersteine oder etwas in der Art. Ich zitter am ganzen Körper, ohne einen Schluck Kaffee getrunken zu haben.

Meine Angst droht mir die Luft abzuschnüren, als es endlich an der Tür klingelt.

Innerhalb von ein paar Sekunden ist Sebastian bei mir angelangt und sieht mich erschreckt an.

»Ach du grüne neune! Du siehst ja beschissen aus.«

»Danke …«

Ich kann nicht weiter sprechen Tränen rinnen über meine Wangen. Ich kann nichts dagegen tun.

Sofort nimmt er mich in den Arm und hält mich einfach nur fest. Als ich mich ein wenig beruhigt habe, schließt er die Tür und nimmt mich mit in die Küche.

Er führt mich zu einem Stuhl und deckt ohne ein Wort zu sagen den Tisch.

Sebastian schmiert mir ein Brötchen und stellt es vor mich hin. Ich schiebe es von mir weg und schüttel den Kopf.

»Ich kann nicht, ich habe keinen Hunger.«

»Du musst etwas essen, sonst fällst du noch um. Und danach nimmst du ein heißes Bad und entspannst dich. Nein! Keine Widerrede.«

Ich ziehe den Teller wieder zu mir heran und beiße in das mit Schinken belegte Brötchen. Zufrieden lehnt Sebastian sich in seinem Stuhl zurück und grinst.

»Hör auf zu lachen. Was ist denn so lustig?«

»Ach nichts! Nur hast du bis jetzt noch nie auf mich gehört.«

»Das erste und letzte Mal«, grinse ich und strecke ihm die Zunge raus.

Später machen wir uns langsam auf dem Weg zum Amtsgericht.

Ich betrete zum ersten Mal ein Gerichtsgebäude, es ist gar nicht, wie ich es mir vorgestellt habe. Die dunklen, schweren Holztüren fehlen. Stattdessen ist der Boden weiß gekachelt, die Türen sind weiß und haben schwarze Griffe. Mitten in der Halle steht eine wackelig aussehende Treppe, die in den ersten Stock führt.

Saal 3 ist nicht schwer zu finden, Treppe hoch nach links drehen und da ist er, mein Raum des Grauens. Mein Magen machte einen Satz und ich habe das Gefühl, ich muss mich übergeben. Sebastian, der meine Aufregung zu spüren scheint, nimmt meine Hand und streichelt mir über den Arm. Es ist außer uns noch niemand da. Wir suchen uns einen Sitzplatz an der Seite.

»Beruhig dich etwas, atme dreimal tief durch, ich kann dein Herz bis hier her schlagen hören.«

Entsetzt sehe ich ihn an.

»Ist das dein Ernst?«

»Nein Dummerchen, aber deine Hände sind so nass, dass ich mir gut vorstellen kann, was dein Herz gerade veranstaltet.«

Als ich ihn ansehe und ausschimpfen will, beugt er sich nach vorne und gibt mir einen flüchtigen Kuss auf den Mund.

»Viel Glück«, flüstert er und setzt sich wieder so hin, als wäre nichts gewesen.

Ich kann nicht denken, fühle mich, als wenn mich ein Zug überrollt hat. Er hat es getan, er hat mich geküsst, auf den Mund, hier im Gerichtsgebäude.

Ich bin ganz in die Gedanken an den Kuss vertieft, als ich von der Seite angestoßen werde.

»Na du Schlampe? Eins sage ich dir, komme ich hier wieder raus, bist du dran.«

Sebastian springt auf und stellt sich zwischen mich und Christian, ich kann mich nicht bewegen, meine Angst ist übermächtig. Ich versuche ruhig zu Atmen, doch es gelingt kaum.

»Verschwinde! Setz dich woanders hin.«

Ich angel nach Sebastians Arm, um ihn zurückzuhalten doch er schüttelt mich ab und tritt näher an Christian heran, seine Hände sind zu Fäusten geballt. Bevor die beiden aufeinander losgehen können, kommen meine Mutter und Dirk, die Treppe hoch.

»Herr Muros ich möchte sie bitten, sich von meiner Mandantin zu entfernen, ansonsten kann ich gerne noch ein Verfahren wegen Bedrohung gegen sie erwirken. Ich glaube, es ist in ihrem Interesse, wenn sie gehen!«

Christian murmelt etwas Unverständliches und geht dann auf die andere Seite des Flurs.

Meine Mutter setzt sich neben mich und gibt mir einen Kuss auf die Wange. Ich sehe, dass sie sich Sorgen macht, doch ich habe zu viel mit mir selbst zu tun, ich kann sie nicht beruhigen.

Es dauert nicht lange und wir werden in den Saal gerufen.

Auch hier fehlt das dunkle Holz, das einzige, was den Gerichtssälen im Fernsehen nahe kommt, ist die Richterbank. Dort stehen fünf Stühle. In der Mitte etwas erhöht, zumindest kommt es mir so vor, der Stuhl des Richters. Davor, rechts und links, stehen Tische, Dirk geht zielstrebig nach rechts und setzt sich, ich folge ihm und setze mich daneben. Mir gegenüber nehmen Christian und sein Anwalt Platz. Als eine kleine Tür aufgeht, stehen alle auf. Ein Mann im Schwarzen, langem Talar setzt sich neben Dirk.

»Das ist der Staatsanwalt, wir haben Glück.«

Ich komme gar nicht dazu zu fragen, was genau er meint.

Der Richter fängt an zu sprechen und ruft Christian in den Zeugenstand, ein kleiner Tisch mit nur einem Stuhl, in der Mitte von uns allen.

Die Personalien werden abgefragt, Christian wird gefragt, ob er zur Strafsache etwas sagen möchte und als er nickt, erinnert ihn der Richter daran, dass er die Wahrheit sagen muss.

Christian grinst schelmisch, ich weiß ganz genau, dass er das nicht tun wird.

»Egal was er sagt, halt dich zurück, sag gar nichts! Warte, bis du da vorne sitzt, versprochen?«

Ich nicke.

Der Staatsanwalt verliest die Anklageschrift, doch ich kann nicht zuhören, ich höre nur, wie das Blut durch meine Adern fließt und mein Herz immer schneller gegen meine Brust schlägt.

Ich schrecke hoch, als der Richter erneut zu sprechen anfängt.

»Herr Muros, dann erzählen sie uns doch, was am fraglichen Abend passiert ist.«

»Das habe ich doch schon bei der Polizei gesagt! Ich war mit einer Schnecke im Bett, wir hatten Sex.«

Es entwickelt sich ein Frage, Antwortspiel zwischen dem Richter und Christian. Er beantwortet alle seine Fragen, scheinbar gelangweilt und ist ganz ruhig.

»Wie hieß die Dame?«

»Das Weiß ich nicht es war ein One-Night-Stand.«

»Wie haben sie Frau Liebig kennengelernt?«

»Auf einer Dateluck Party! Sie ist süß, allerdings kann ich ja nicht ahnen, dass sie mir dann so dermaßen nachstellen wird.«

Ich möchte aufspringen und ihn würgen, ihm die Luft abdrücken, bis er blau anläuft und nach Luft schnappt wie ein Fisch auf dem trockenen. Gerade noch rechtzeitig legt Dirk seine Hand auf meine und schüttelt kaum merklich den Kopf. Mit einem frustrierten Zischen lasse ich meinen angestauten Atem entweichen.

»Können sie das näher beschreiben? Wie kam es dazu, das Frau Liebig ihnen nachgestellt hat?«

»Das ist doch ganz einfach! Sie hat gedacht, dass einmal vögeln, heißt, dass wir zusammen sind. Ich bekam SMS und Nachrichten im Dateluck. Das ich sie nur fürs Bett wollte, hat sie nicht begriffen.«

»Jetzt haben wir dich«, denke ich mir, denn es war genau anders herum. Und das kann ich beweisen. Ich habe alle Nachrichten, die er mir geschrieben hat, ausgedruckt und Screenshots gemacht in der Gruppe, von der Party. Genau diese nimmt der Richter jetzt in die Hand und hält sie hoch.

»Wie erklären sie sich dann diese Nachrichten?«

»Welche Nachrichten?«

Christian setzt sich aufrecht hin und leckt sich über die Lippen.

»Das sind Ausschnitte aus den Gesprächen zwischen ihnen und Frau Liebig, die genau das Gegenteil beweisen. Sie zeigen, dass sie meinten, sie wären mit ihr zusammen und sie haben es öffentlich in einer Gruppe geschrieben.«

Verwirrt sieht Christian seinen Anwalt, an der nur die Schultern zuckt, er steht auf und stützt sich mit den Händen auf dem Tisch ab.

»Ich möchte hier auf einen Verfahrensfehler hinweisen! Mir sind diese Mitschnitte völlig unbekannt. Ich beantrage die Nachrichten deswegen, nicht als Beweismittel zuzulassen.«

Auch Dirk steht auf, verwundert sehe ich zu ihm hoch.

»Mein lieber Kollege, wenn sie die Akte ordentlich studiert hätten, dann hätten sie den Anhang A und B gesehen. Ich beantrage, die Beweismittel zuzulassen.«

Dirk hat sich ebenfalls erhoben und sieht seinem Kollegen, gegenüber, tief in die Augen. Wie gut das er mich noch nie so durchringend angesehen hat. Sonst hätte ich ihm wohl gestanden das ich damals, ich war 5 Jahre alt, schuld am tot vom Kanarienvogel meiner Tante war. Ich hatte gedacht, es sei witzig, ihn zu erschrecken. Stattdessen war ich es, die sich erschrak und zu schreien anfing, als ich sah, wie der Vogel von der Stange kippte. Ich muss mich zwingen mit meinen Gedanken wieder zu der Verhandlung zurückzukehren. Die Anwälte haben sich in der Zwischenzeit wieder gesetzt, starren sich aber weiterhin böse an.

»Der Richter sieht nachdenklich auf die Papiere.

»Ich werde sie als Beweismittel zu lassen!«

Ich sehe, wie Christian steif wird, er ballt die Hände zu Fäusten.

»Gleich rastet er aus«, denke ich.

»Noch einen kleinen Moment und er wird zeigen, wie gefährlich er ist.«

Ich kann gar nicht so schnell gucken, wie Christian aufspringt, der Stuhl nach hinten kippt, und er vor meinem Tisch steht. Als er gerade zuschlagen will, wird er von einem Beamten, der mir vorher gar nicht aufgefallen ist, zurückgerissen und auf den Boden geschleudert.

Ihm werden Handschellen angelegt und er muss sich wieder in die Mitte setzen.

»Ich belehre sie nochmal, dass, wenn sie sich weiter zur Sache äußern wollen, es der Wahrheit entsprechen muss. Wollen sie ihrer Aussage noch etwas hinzufügen?«

»Nehmen sie mir die Dinger ab«, schreit er den Beamten an.

»Gut ich denke dann können wir weiter machen! Nehmen sie bitte neben ihrem Verteidiger Platz.«

Damit Christian nicht noch einmal versucht auf mich los zugehen, wird er von dem Beamten am Arm gepackt und zu seinem Platz geführt. Alles Wehren hat keinen Sinn. Ich bin mit auf einmal die Ruhe selbst.

Als der Richter mich bittet, in der Mitte Platz zu nehmen, kann ich es nicht unterlassen, ich grinse Christian frech ins Gesicht. Ich fühle mich siegessicher.

Auch ich werde belehrt und mache dann meine Aussage vor dem Richter. Sachlich und ohne zu viele Emotionen schildere ich den Abend und berichte von den Tagen im Krankenhaus.

Nach meiner Aussage nimmt der Richter die Akte und verlässt den Raum.

Ich bin in Hochstimmung, vor dem Gerichtssaal falle ich zuerst meiner Mutter und Dirk in die Arme, dann Sebastian.

Ich küsse ihn auf den Mund, ich hoffe er nimmt es mir nicht übel aber mit langsam ist jetzt Schluss.

Sebastian erwidert meinen Kuss und ich bin der glücklichste Mensch auf Erden.

Als wir uns voneinander lösen, grinsen die um uns stehenden Menschen. Meine Mutter kommt zu mir und drückt mich noch einmal kräftig.

»Du warst wunderbar, toll, wie du das durchgestanden hast. Ich bin stolz auf dich!«

»Danke, ich weiß auch nicht, nachdem Christian versucht hat, mich anzugreifen war ich die Ruhe selbst. Ich wusste, dass der Richter mir glauben wird und das der komische Anwalt nichts dagegen tun kann. Seine Fragen waren lächerlich. Und auch, dass er mir unterstellen wollte, dass ich nur im Dateluck bin, um Kerle abzuschleppen.«

»Da hast du Recht. Du warst super.«

»Das finde ich auch.«

Christian drückt meine Hand und ich schenke ihm ein strahlendes Lächeln.

Mit so viel Lob habe ich nicht gerechnet, ich will abwinken doch wir werden wieder in den Gerichtssaal gerufen.

Der Richter betritt nach uns den Raum und liest von einem Zettel ab.

»Im Namen des Volkes ergeht folgendes Urteil. Der Angeklagte Christian Muros wird zu fünf Jahren Freiheitsstrafe und zur Zahlung von 3000 Euro Schmerzensgeld verurteilt. Gegen das Urteil können sie innerhalb von vierzehn Tagen Berufung oder Revision einlegen. Die Verhandlung ist geschlossen.«

Überglücklich falle ich Dirk in die Arme. Das Geld will ich nicht haben mal sehen, welcher Organisation ich es spende.

Kapitel 19

Zur Feier des Tages gehen wir essen, Dirk führt uns in ein schickes, kleines, griechisches Restaurant am Bahnhof. Komischerweise trägt es den Namen »deutsches Haus«, Vasilli der Besitzer ist sehr nett und kommt immer mal wieder mit einem Ouzo zum Anstoßen vorbei.

Obwohl es erst früher Nachmittag ist, bin ich ein wenig betrunken. Den Weg zu meiner Wohnung schaffe ich nicht alleine. Sebastian begleitet mich, er hat einen Arm um meine Hüfte geschlungen und hält mich, wenn ich ins Taumeln komme.

Zuhause angekommen legt er mich aufs Bett, zieht meine Hose aus und deckt mich zu, ich schlafe sofort ein.

Als ich etwas später wieder aufwache, höre ich leises Schnarchen und wundere mich. Ich drehe mich um und da liegt er, Sebastian, er ist bei mir geblieben, um mich zu beschützen, und ist dann scheinbar selbst eingeschlafen.

Ich beuge mich zu ihm und küsse ihn vorsichtig auf die Wange. Ich koche erstmal Kaffee.

Danach rufe ich Marie an, sie konnte bei der Gerichtsverhandlung nicht dabei sein, sie musste arbeiten.

Das Telefon klingelt in der Bäckerei, aber keiner geht ran, ich versuche es auf ihrem Handy, es dauert keine zwanzig Sekunden und sie nimmt ab.

»Hi Joy, na wie ist es gelaufen? Komm, erzähl schon.«

»Fünf Jahre hat er bekommen und er muss mir 3000 Euro Schmerzensgeld zahlen. Die Nachrichten aus dem Dateluck haben ihm das Genick gebrochen.«

»Sehr gut! Das müssen wir feiern!«

»Oh das habe ich schon, wir waren im »deutschen Haus«, ich glaube, ich habe dort zuviel getrunken. Und als ich eben aufgewacht bin, rate mal, wer neben mir lag. Sebastian«

»Nein!«

»Doch, ich schwöre, er liegt immer noch da, seine Jeans liegt vor meinem Bett. Heißt das jetzt, wir sind zusammen? Ich meine so richtig?«

»Was ist richtig?«

Ich höre Schritte auf dem Flur und verabschiede mich ohne viele Worte von Marie.

Verschlafen steht Sebastian in der Tür und kratzt sich am Kopf. Leider hat er seine Jeans schon wieder angezogen.

Ich laufe von Kopf bis Fuß rot an.

»Warum bist du bei mir geblieben?«

Frage ich und schaffe es sogar, nicht zu stottern.

»Ganz einfach, Schluss mit langsam.«

»Ist das dein Ernst?«

Sebastian nickt und kommt auf mich zu. Er nimmt mich an die Hand und zieht mich zu sich heran, küsst mich auf dem Mund und meine Beine werden zu Wackelpudding. Ich drücke mich an ihn heran, ich weiß nicht, wie oft ich mir genau das in letzter Zeit vorgestellt habe. Ich schwebe auf Wolke sieben. Sebastian löst sich von mir und setzt sich an den Küchentisch. Ich kann mich nicht bewegen, ich will nicht, dass der Moment verfliegt. Ich möchte ihn genießen, solange ich kann.

»Hast du einen Kaffee für mich?«

»Klar«, schade jetzt muss ich den Augenblick doch verfliegen lassen.

Ich gieße uns beiden Kaffee in die Tassen und setze mich ihm gegenüber. Ich starre Sebastian die ganze Zeit an und nach einer Weile fängt er an zu kichern.

»Was ist denn los? Warum starrst du mich so an?«

»Du hast in meinem Bett geschlafen!«

»Ja habe ich und …?

»Och nichts, du hast in meinem Bett geschlafen.«

»Ich verstehe nicht, was du mir damit sagen willst.«

»Musst du auch nicht.«

»Okay, ich gehe dann nach Hause.«

»Nein! Bitte bleib.«

»Ich kann nicht, ich habe einen Artikel zu schreiben, ich muss ihn morgen meinem Vater zeigen, er mag es gar nicht, wenn ich mir selbst etwas suche, über das ich schreiben will! Ich sollte wirklich, bei einer anderen Zeitung arbeiten. Oder freier Mitarbeiter sein.«

»Schade das du gehen willst, aber ich kann es verstehen. Wann sehen wir uns wieder?«

»Ich rufe dich an.«

Sebastian steht auf, gibt mir einen Kuss und ich bleibe alleine, blöd vor mich her grinsend, in meiner Küche sitzen.

Ich greife noch mal zum Handy und rufe Marie an.

»Hi ich bin es, ich glaube es läuft gar nicht so schlecht zwischen mir und Sebastian. Er hat mich geküsst! Heute schon mehr als einmal, auf den Mund.«

»Wirklich? Das ist doch toll! Gratuliere.«

Ich mag Wolke 7.

»Anderes Thema, warum bist du nicht auf Arbeit?«

»Halt dich fest, ich wurde gekündigt! Ich kam heute fünf Minuten zu spät zur Arbeit, und seit du weg bist, steht Elisa jeden Tag im Laden und verbreitet schlechte

Laune. Und der Chef ist natürlich auch da, tja nun hat es mich auch erwischt … ich bin draußen.«

»Wow!«

»Da sagst du was. Das ist aber noch nicht das Beste, ich habe die erste Auszahlung aus meiner Lebensversicherung bekommen, 10000 Euro!«

»Nochmal wow.«

»Bist du zuhause?«

»Ja bin ich warum?«

»Ich bin gleich da!«

Marie legt auf und ich nehme mir noch einen Kaffee. Eine halbe Stunde später sitzt Marie neben mir. Sie plappert fröhlich drauf los.

»Kannst du dich noch erinnern, dass ich dir gesagt habe, dass ich den Traum habe ein eigenes Café zu besitzen?«

Ich nicke, zu Wort komme ich nicht.

»Jetzt habe ich Geld, warum versuche ich nicht einfach einen Kredit zu bekommen und erfülle mir meinen Traum? Ich meine mehr als Nein sagen können sie nicht und ich habe schon mit meiner Mutter gesprochen, sie würde für mich bürgen. Besser wäre natürlich, ich hätte eine kreditwürdige Freundin, die mit einsteigt.«

»Meinst du mich damit?«

»Ja natürlich! Du bekommst doch das Schmerzensgeld. Das könnten wir noch als Eigenkapital oben drauf legen. Je mehr desto besser, bitte sag ja!«

Ich schüttel den Kopf.

»Also zuallererst muss ich das Geld mal bekommen und dann werde ich das Blutgeld nicht dazu benutzen, einen eigenen Laden zu eröffnen. Das fühlt sich falsch an. Ich will das nicht.«

Ein kleines Lächeln umspielt meinen Mund. Von meinem kleinen Geheimnis weiß sie ja nicht und ich lasse sie noch einen Moment zappeln.

Etwas frustriert sackt Marie auf ihrem Stuhl zusammen.

»Bist du sicher?«

»Ja das bin ich! Allerdings habe ich über die letzten Jahre ein wenig angespart, ungefähr 4000 Euro müssten das sein. Lass uns ein Café eröffnen!«

Marie springt auf und reißt mich vom Stuhl hoch, ausgelassen tanzen wir in meiner Küche umher.

Als wir uns ein bisschen beruhigt haben, setzen wir uns wieder und schreiben auf, was wir uns, wie vorstellen. Drei Stunden später haben wir mehrere Blätter vollgeschrieben. Viele verrückte Ideen sind zusammengekommen. Einigen können wir uns noch auf nichts, aber das ist nicht weiter schlimm.

Wir haben ja Zeit, noch haben wir nicht mal einen Laden in Aussicht, geschweige denn mit der Suche angefangen. Wir wissen, ungefähr was wir wollen und das ist gut so. Ein kleines schnuckeliges Café mit nicht mehr als dreißig Sitzplätzen.

»Gut, dann einigen wir uns für heute darauf, dass wir uns auf nichts Genaues einigen können. Allerdings können wir ja ein paar Aufgaben verteilen? Oder was meinst du Marie?«

»Klar wo fängt man denn an? Was muss zuerst gemacht werden?«

»Gute Frage, vielleicht sollten wir zuerst einen Termin bei der Bank machen und dann sehen wir weiter?«

»Gut den mache ich, zu irgendetwas muss mein blöder Vater doch gut sein.«

»Dein Vater? Du hast mir noch nie von ihm erzählt.«

»Da gab es auch nichts zu erzählen, er ist abgehauen, als ich 16 war, und hat eine Jüngere geheiratet. Mein Bruder und ich haben ihn seitdem, kaum zu Gesicht bekommen.«

Jetzt bin ich verwirrt, Marie hat einen Bruder? Ich muss mich unbedingt öfter auf unsere Gespräche konzentrieren.

Ich lasse mir nichts anmerken und höre ihr weiter zu.

»Ich rufe ihn an und mache einen Termin, Vitamin B kann nicht schaden oder was meinst du?«

»Ich denke auch. Prima dann ruf mich an, sobald du ihn erreicht hast, ich krabbel jetzt in mein Bett und rufe Sebastian an.«

»Ist dir eigentlich bewusst, wie sehr deine Augen leuchten, wenn du von ihm sprichst?«

»Nein! Tun sie das denn?«

»Sonst würde ich das doch nicht sagen.«

Genervt verdreht Marie die Augen und macht sich auf den Weg nach Hause.

Ich mache mich bettfertig und versuche Sebastian zu erreichen. Doch ich habe Pech, er geht nicht an sein Telefon.

Dann eben nur Fernsehen, doch viel bekomme ich nicht mit, ich schlafe ein.

Mitten in der Nacht klingelt mein Handy, ich angel es vom Nachttisch und murmel etwas unverständlich.

»Jawasistdenn?«

»Joy ich bin es Simon, Sandra ist im Krankenhaus, sie hat Krämpfe und Blutungen bekommen. Sie möchte, dass du kommst! Du kommst doch oder?«

»Bingleichda!«

Kapitel 20

Ich schnelle hoch und versuche meine Gehirnwindungen zu ordnen. Wie ein aufgescheuchtes Huhn renne ich durch meine Wohnung und suche meine Klamotten, bis mir einfällt, dass ich mich im Schlafzimmer umgezogen habe.

Das Handy stecke ich in die Hosentasche, schnappe meine Jacke und den Haustürschlüssel und renne zum Krankenhaus.

»Bitte lieber Gott, das darf ihr nicht passieren, pass auf Sandras Baby auf.«

Außer Atem komme ich am Krankenhaus an. Die Türen gehen nicht auf, ich hämmere dagegen, bis ich durch eine Gegensprechanlage angemault werde.

»Die Besuchszeiten sind vorbei, gehen sie nach Hause.«

»Ich will niemanden besuchen, meine Freundin wurde eingeliefert, ich muss zu ihr.«

Es fällt mir schwer, meine Panik zu unterdrücken.

Ein Mann kommt um die Ecke und schließt eine kleine Tür neben dem Haupteingang auf. Ich bedanke mich und renne die vielen langen Gänge entlang.

Seit aus dem Weser-Krankenhaus das Sana Klinikum wurde, finde ich mich nicht mehr zurecht. Ich laufe wie eine Irre durch die Gegend auf der Suche nach der gynäkologischen Abteilung.

Nach einer gefühlten Unendlichkeit entdecke ich endlich ein Schild. Ich folge ihm und treffe in einer kleinen nicht sehr gemütlichen Wartezone auf Simon.

Total aufgelöst stürzt er auf mich zu und schließt mich in seine Arme. Ich merke, wie meine Jacke immer nasser wird, und streichel ihm sanft über den Rücken.

»Wo ist sie?«

»Sie wird gerade untersucht, dahinten in dem Raum, zweite Tür rechts. Ich konnte nicht dableiben. Ich kann sie nicht weinen sehen. 17 Wochen, ich meine, wir dachten, wir haben die Zeit, in der man ein Baby verliert, hinter uns.«

»Ich gehe zu ihr und schaue Mal was die Ärzte sagen.«

»Danke!«

Sandra liegt auf einer grünen Krankenhaus Pritsche und eine Ärztin macht einen Ultraschall. Ich entschuldige mich für die Störung. Kaum merkbar nickt die Ärztin.

Meiner Freundin gebe ich einen Kuss auf die Wange und halte ihre Hand.

Auf einem kleinen Bildschirm erkennt man deutlich ein kleines Baby. Die Ärztin zeigt uns die Hände und Füße, den Kopf und den Bauch. Zum Schluss sehen wir das kleine Herzchen schlagen. Ich bin überglücklich, es lebt.

»Soweit ist alles in Ordnung, ich vermesse jetzt noch ein bisschen und sehe mir danach den Muttermund an. Die Plazenta hat sich nicht gelöst.«

Verwirrt sehe ich sie an.

»Und was heißt das jetzt?«

»Das heißt, erstmal gar nichts, ich kann erst mehr sagen, wenn ich die Untersuchung beendet habe. Allerdings kann ich sie, soweit beruhigen und sagen dem Baby geht es gut. Das Herz schlägt schnell und kräftig und es ist alles dran.«

Sandra fängt an zu weinen, ich beuge mich zu ihr hinunter und halte ihr Gesicht in meinen Händen. Mein Kopf liegt auf ihrer Stirn, nur langsam kann sie sich beruhigen.

»Oh was haben wir denn da? Wollen sie das Geschlecht des Kindes wissen? Ich kann natürlich keine hundertprozentige Garantie geben.«

»Ja ich will es wissen! Was bekomme ich?«

»So wie es aussieht, wird es ein Mädchen. Schauen sie mal …«

Die Ärztin vergrößert das Bild und fährt mit ihren Fingern die vermeintliche Vagina nach.

»Das sind die beiden Scharmlippen, sehen sie?«

Sandra nickt, ich erkenne nichts, es sieht aus wie zwei Mandarinenscheiben nebeneinander. Doch die Ärztin wird schon wissen, was sie sagt. Ich küsse Sandra auf die Stirn, mir ist zum Weinen zumute. Ein Mädchen, wie toll!

»Ich gehe und hole Simon, das ist euer Moment.«

Ich stürme aus dem Raum und auf Simon zu.

»Geh zu ihr, sie braucht dich! Außerdem wartet da drin eine Überraschung auf dich. Ich warte hier.«

»Danke.«

Etwas wehmütig schaue ich ihm hinterher, was haben die beiden doch für ein Glück. Irgendwann möchte ich auch Kinder haben.

Ich setze mich auf einen der ungemütlichen Stühle und hänge meinen Gedanken nach. Urplötzlich habe ich eine Idee, was für ein Café ich eröffnen möchte. So etwas gibt es noch nicht in Hameln. Morgen muss ich unbedingt Marie davon erzählen. Doch jetzt muss erstmal bei Sandra alles gut werden. Ich hoffe es so sehr für die beiden.

Eine Ewigkeit später kommt Simon wieder zu mir und setzt sich links von mir.

»Es ist alles in Ordnung! Es ist nur eine kleine Ader geplatzt innen, also in ihrer …«

»Ich weiß, was du meinst! Darf sie wieder nach Hause?«

»Nein sie behalten sie die Nacht zur Beobachtung hier, ich soll dir von ihr Danke sagen. Sie ist müde und wird jetzt erstmal schlafen, Sandra hat etwas zur Beruhigung bekommen.«

»Gut, du rufst mich an, sobald du etwas weißt oder? Ich besuche sie morgen Vormittag.«

»Gehen wir auf den Schreck noch einen trinken?«

»Es hat doch nichts mehr offen.«

»Doch »zur Badewanne« hat um die Zeit garantiert noch auf.«

»Die kenne ich gar nicht.«

»Dann wird es aber Zeit.«

»Ich bremse dich nur ungern aber das Einzige, was ich dir anbieten kann, ist ein Bier und ein Film auf meinem Sofa. Lass uns bei mir auf euer kleines Mädchen anstoßen. Du kannst auch bei mir auf dem Sofa übernachten.«

»Einverstanden.«

Wir stehen auf und wenden uns zum Gehen.

»Da hat Sandra uns aber einen ganz schönen Schrecken eingejagt was?«

»Das kannst du laut sagen! Ich fasse sie den Rest der Schwangerschaft nicht mehr an.«

»Oh, äh du meinst ihr habt … und danach ist … okay, reden wir nicht mehr drüber.«

Ich lege Simon freundschaftlich den Arm auf die Schulter und zusammen gehen wir zu mir. Als es draußen schon anfängt zu dämmern, gehe ich ins Bett. Simon bleibt auf dem Sofa.

Unsanft werde ich von meiner Türklingel geweckt, wer immer da Sturm klingelt, bekommt gleich richtig ärger.

Ich wanke zur Tür und reiße sie auf, vor mir steht Sebastian mit einem riesigen Blumenstrauß.

»Guten Morgen, oder soll ich sagen guten Mittag? Ich habe nicht gedacht, dass du noch schläfst.«

»Komm rein, ich koche uns einen Kaffee und erklär dir alles.«

»Was ist denn hier los?«

Simon kommt aus dem Wohnzimmer, zu meinem Erschrecken ist er nackt.

Sebastian bleibt wie angewurzelt stehen und sieht mich stirnrunzelnd an.

»Simon ich glaube, du solltest dir was anziehen. Ich weiß nicht, wie ich Sandra erklären soll, dass ich dich nackt gesehen habe.«

Er schaut an sich hinunter und legt schützend die Hände auf sein Gemächt.

»Entschuldigung, Gewohnheit, ich schlafe immer so.«

Er dreht sich um und geht wieder zurück ins Wohnzimmer.

»Das ist Simon der Mann meiner besten Freundin Sandra, sie ist schwanger und bekam letzte nacht Blutungen. Simon war so fertig, dass ich ihn mit zu mir genommen habe. Dass er nackt schläft, wusste ich nicht!«

Immer noch mit in Faltgen gelegter Stirn werde ich gemustert.

»Und das soll ich dir glauben?«

Ist Sebastian etwa eifersüchtig?

»Es ist die Wahrheit! Mein Bett ist noch warm, wenn du mir nicht glaubst, geh fühlen.«

Sebastian lacht, und ich bin verwirrt.

»Was gibt es da zu lachen?«

»Du erinnerst dich an die gestrige Gerichtsverhandlung? Sandra und Simon waren auch da! Wir saßen die ganze Zeit nebeneinander.«
Ich lache erleichtert auf.
»Du bist gemein! Warum tust du mir das an?«
»Ich wollte dich nur ein wenig ärgern, bekomme ich einen Kaffee?«
»Klar aber erst bekomme ich einen Kuss.«
Während der Kaffee durchläuft, sitze ich bei Sebastian auf dem Schoß und kuschel mich an ihn.
»Joy ich geh dann nach Hause.«
»Trink doch erst einen Kaffee mit uns! Nachher können wir zusammen zu Sandra gehen.«
Etwas verlegen steht er in der Tür und beobachtet uns.
»Nein, ich will nicht stören.«
»Du störst nicht, setz dich.«
Widerwillig setzt er sich zu uns. Ich krabbel von Sebastians Schoß und gieße uns Kaffee ein.
»Hast du den Artikel fertig bekommen? Oh ich sollte die Blumen ins Wasser stellen.«
Nicht ohne Stolz in der Stimme erzählt Sebastian von dem Treffen mit seinem Vater.
»Ja habe ich, mein Vater ist ausnahmsweise begeistert! Er will ihn auf der Titelseite drucken. Er sagt, das ist das erste Mal, das ich wertvolle Arbeit geleistet habe. Ich sehe das zwar etwas anders aber naja, Lob ist Lob.«
»Langsam glaube ich, dass du dir wirklich woanders einen Job suchen solltest. Irgendwo weit weg von deinem Vater.«
»Aber dann müsste ich nach Hannover oder sonst wo hin, würdest du denn mitkommen?«
Ich will sagen natürlich, doch ich stocke, meine Pläne mit Marie kommen mir in den Sinn.

»Nein, ich würde gerne, aber ich kann nicht.«
Ich kletter von seinem Schoß und setzte mich neben
ihn auf einen eigenen Stuhl.
Verwundert sieht er mich an,
»Warum denn nicht?«
»Weil Marie und ich etwas planen und Marie ist nun
mal hier.«
»Was plant ihr denn?«
Ich nippe an meinem Kaffee.
»Wir wollen ein Café aufmachen, kein normales, wir
suchen noch nach einer passenden, außergewöhnlichen
Idee! Ich denke mir ist, letzte Nacht etwas eingefallen,
dass es hier so noch nicht gibt.«
Sebastian setzt sich aufrechter hin und beugt sich ein
Stück nach vorne, ich habe seine ungeteilte
Aufmerksamkeit.
»Was für eine Idee?«
»Ein Café, wo sich niemand daran stört, wenn Babys
gestillt werden. Es könnte ein Ort sein, wo Mütter mit
ihren Kindern hinkommen, wenn sie gestresst sind und
einfach mal ein wenig abschalten wollen. Natürlich ist
die Betreuung nicht umsonst aber auch nicht so teuer
das es sich keiner Leisten kann.«
Gespannt warte ich auf die Reaktionen der beiden
Männer. Simon guckt etwas skeptisch, doch Sebastian
scheint begeistert zu sein.
»Heißt das, wenn ich mit meiner Tochter zu dir
komme, sitzen überall Mütter, die ihre Babys stillen?«
Simon schüttelt sich kaum merklich.
»Ein Mädchen? Glückwunsch!«
Sebastian reicht Simon die Hand und schüttelt sie.
Simon sieht ihn stolz an. »Nein, nicht unbedingt! Ich
denke, man könnte einen kleinen Teil abtrennen, aber

es ist kein muss, niemand soll sich für das Natürlichste der Welt schämen. Wir können auch Stilltee und Malzbier anbieten. Alles, was gut ist, für stillende Mütter und Obst für die Kleinen.«

Ich komme gerade so richtig in fahrt, da bremst Sebastian mich aus.

»Langsam, langsam! Meinst du denn so etwas, würde von den Müttern angenommen?«

»Ich weiß es nicht, das muss ich ja zugeben. Ich habe aber eine Idee, wie ich das heute noch herausfinden kann.«

»Heute noch?«

Fragen Simon und Sebastian gleichzeitig.

»Ja na klar! Es gibt bestimmt viele frischgebackene Mamis im Krankenhaus.«

Ich grinse triumphierend.

»Ich muss sofort Marie anrufen! Jungs ihr könnt euch ja schon mal ein paar Fragen ausdenken.«

»Wir?«

Wieder fragen die beiden wie aus einem Mund.

»Ja ihr! Sonst kommen wir heute nicht mehr zu der Befragung. Ich sage Marie bescheid.«

Ich gehe ins Wohnzimmer zu meinem Telefon und wähle Maries Nummer.

»Marie? Ich bin es Joy, du musst unbedingt sofort herkommen. Ich habe eine super Idee für unser Café, ich denke es wird dir gefallen. Beeil dich bitte.«

Ich warte gar nicht auf ihre Antwort, sondern lege sofort auf.

Wieder in der Küche diskutieren die beiden Männer immer noch, was sie für Fragen aufschreiben sollen. Gespielt genervt verdrehe ich die Augen und nehme mir Zettel und Stift.

»Das ist doch gar nicht so schwer. Passt mal auf.«
Doch so einfach wie ich gedacht habe, ist es nicht. Mir
will auf Anhieb nur eine Frage einfallen.

»Was würden sie von einem Café halten, wo Sie ihr
Kind ohne blöde Blicke, stillen können, wo ihre älteren
Kinder professionell betreut werden, damit sie sich ein
bisschen entspannen können?«
Vor Aufregung schlägt mein Herz ganz schnell und
meine Hände zittern.
Ich versuche, mich zu konzentrieren, doch es gelingt
mir nicht. Ich muss auf Marie warten, ich hoffe, sie ist
genauso begeistert wie ich.
Die beiden Männer sind verstummt und starren gebannt
auf mein Blatt Papier.
»Schreib weiter«, fordert Sebastian mich auf.
»Ich kann nicht. Mir fällt nichts mehr ein!«
»Aber mir. Du kannst noch fragen was sie für die
Betreuung ausgeben wollen und für Getränke,
Obstteller und so weiter.«
Gute Idee, ich schreibe:
»Was wären sie bereit für die Betreuung, die Getränke
und Leckereien wie Obst und Kekse auszugeben?«
Endlich klingelt es an der Tür, Simon geht und öffnet
für mich. Außer Atem stürmt Marie in die Küche und
sieht sich verwirrt um.
»Was ist denn hier los?«
»Ich habe den beiden von meiner Idee erzählt, ich hoffe
du bist genauso begeistert wie die beiden.«
»Bestimmt … zumindest denke ich, habe ich keine
Bessere! Mir will nichts Außergewöhnliches
einfallen.«

»Aber mir! Was hältst du von einem Mutter, Kind Café? So richtig mit Betreuung für die Kinder, einer Ecke zum Stillen und so?«

Marie legt den Kopf schief und denkt kurz nach. Mit einem Mal fängt sie an zu schreien und reißt mich vom Stuhl auf den Boden.

»Das ist perfekt«, schreit sie.

»PERFEKT! PERFEKT!«

Mit dieser Reaktion habe ich nicht gerechnet.

»Beruhige dich doch. Kein Grund zu schreien.«

Ich stehe auf und reibe meine Hüfte.

»Entschuldigung, die Idee ist toll! Was ist das?«

Ihr Blick fällt auf das Blatt Papier mit den beiden Fragen.

Ich erzähle ihr von meiner Idee, Marktforschung direkt im Krankenhaus zu betreiben. Wie ein wild gewordenes Häschen hoppelt sie durch meine Küche.

»Ich wusste, dass ich mit dir die perfekte Partnerin gefunden habe. Ich bin so aufgeregt. Wann können wir loslegen?«

»Womit?«

»Mit der Befragung, Dummerchen.«

Ich ziehe sie auf einen Stuhl.

»Wenn uns noch ein paar Fragen eingefallen sind und wir die Zettel kopiert haben. Ich will auch Sandra besuchen.«

»Sandra? Was ist denn mit ihr?«

Während ich erkläre, wird ihre Miene immer betroffener, doch als ich geendet habe, ist sie beruhigt.

»Mensch da bin ich ja froh.«

»Und wir erst.«

»Simon, herzlichen Glückwunsch zum Mädchen«

Verlegen winkt er ab.

»Können wir uns mit dem Fragebogen ein bisschen beeilen? Ich will zu meiner Frau.«

»Klar! Wenn uns nichts mehr einfällt, dann lassen wir das einfach so.«

»Schreib bitte noch, auf welches Mobiliar wir brauchen und was für die größeren Kinder an Spielzeug angeschafft werden soll.«

»Gute Idee.«

»Welches Spielzeug erwarten sie?«

»Normale Tische und Stühle oder lieber Sessel und kleine Beistelltischen?«

»Meinst du das reicht fürs Erste?«

»Ich denke schon. Los geht es! Kopiert ihr das doch schon mal, ich geh mir was ordentliches Anziehen.«

Marie nimmt den Zettel, schreibt ihn nochmal kurz ab und kopiert ihn fünfzig Mal, während ich mich umziehe.

Zu viert gehen wir Sandra besuchen, nicht ohne noch einmal beim Floristen haltzumachen und einen großen bunten Frühlingsstrauß zu kaufen. Draußen ist es herrlich, die Sonne scheint und wärmt uns mit ihren Strahlen. Am Krankenhaus angekommen wartet Sandra bereits vor der Tür auf uns. Ich staune, wie deutlich sich ihr kleiner Schwangerschaftsbauch schon abzeichnet. Sandra rennt auf ihren Mann zu und bedeckt sein Gesicht mit Küssen. Ich ergreife Sebastians Hand. Wir bleiben ruhig stehen bis Simon und Sandra voneinander lassen können und umarmen sie abwechselt.

»Die Ärztin sagt, ich darf nach Hause. Ich warte hier draußen schon über eine Stunde auf euch. Was habt ihr denn solange gemacht?«

»Nichts weiter. Dein Mann ist nackt durch meine Wohnung gerannt, als mein Freund zu Besuch kam. Als er sich dann etwas angezogen hat, haben wir einen Fragebogen ausgearbeitet.«

Schelmisch grinse ich Sandra an. Sie verdreht die Augen und wendet sich dann, den Papieren zu, die ich in der Hand halte.

»Was denn für einen Fragebogen?«

»Na den hier, du darfst die Fragen auch gerne gleich beantworten.«

»Zeig mal.«

Sie nimmt sich ein Blatt und liest, gespannt warte ich auf ihre Reaktion.

»Was hast du denn vor? Wozu ist das Ganze gut? Ich meine klar würde ich in, so ein Café gehen aber wo ist es?«

»Wo kann ich nicht sagen, wann das Café eröffnen wird auch nicht. Bis jetzt ist es nur eine Idee. Marie und ich sind beide arbeitslos und haben ein bisschen Geld gespart, davon würden wir gerne ein Mutter, Kind Café eröffnen. Irgendwo hier in Hameln! Was hältst du von der Idee?«

»Das ist die beste Idee, die ihr je hattet. Das ist der Wahnsinn! Wer kümmert sich um die Kinder? Habt ihr da schon jemanden im Auge?«

Fragend sehe ich Marie, an die den Kopf schüttelt.

»Nein.«

»Perfekt! Wie wäre es mit mir? Ich könnte einen Tagesmutterkurs machen und mich um die vielen, lieben, kleinen Kinder kümmern. Ich bin sowieso nicht mehr so glücklich in meinem Büro. Zumal mein Arbeitgeber gesagt hat, dass er nicht weiß, wie er mich wieder eingliedern soll. Er hat mir eine Abfindung angeboten, wenn ich dann selbst kündige.«

Ich weiß nicht, was ich dazu sagen soll. Meine Freundinnen und ich führen zusammen ein Café? Ob das gut geht?

»Lass uns darüber in Ruhe reden, wenn alles spruchreif ist, ja?«

»Klar!«

»Fahr du mit deinem Mann nach Hause, Sebastian, Marie und ich haben noch ein bisschen Arbeit vor uns, wenn aus unserem Traum Realität werden soll.«

Sandra verabschiedet sich mit einem Küsschen bei uns, danach betreten wir das Krankenhaus.

»Joy? Ich sage es ja nur ungern, aber ich werde in keins der Wöchnerinnen Zimmer gehen. Das finde ich ganz und gar nicht gut. Ich befrage die jungen Leute in der Cafeteria okay?«

»Klar, kein Problem.«

Marie und ich fragen zu allererst die Krankenschwestern und Hebammen, ob wir einfach so die Zimmer betreten dürfen. Nach ihrem Okay machen wir uns an die Arbeit.

Keine dreißig Minuten später sind alle Fragebögen ausgefüllt. Das Ergebnis ist der Wahnsinn! Kaum eine Mutter würde unser Café nicht betreten. Allerdings gab es auch ein paar Einschränkungen. Sie wollen keinen extra Stillbereich und auch die Kinder sollen in Sichtweite sein.

Bei Marie war es ähnlich und auch Sebastian, den wir am Haupteingang wieder treffen, hat dasselbe Ergebnis vorzuweisen.

Ich bin so aufgeregt wie schon lange nicht mehr.

»Wir brauchen dringend einen Businessplan und eine Kalkulation der Kosten. Ich bin vielleicht aufgeregt! Marie was meinst du denn dazu Sandra, nach der Geburt, als Tagesmutter beziehungsweise Kinderfrau einzustellen?«

»Ich finde die Idee gut. Doch was machen wir, wenn unser Café vorher fertig wird?«

»Dann finden wir bestimmt jemand anderen und befristen den Vertrag. Wenn wir von Anfang an ehrlich sind, findet sich bestimmt jemand. Ich finde die Idee mit euch beiden zusammenzuarbeiten einfach toll! Ich frage Sandra morgen erstmal, wie hoch ihre Abfindung werden soll und was sie investieren möchte. Du musst jetzt dringend einen Termin bei deinem Vater machen.«

»Ich kümmer mich gleich morgen darum.«

»Und ich kümmer mich um die Publicity, wenn mein Vater den Artikel nicht druckt, verkaufe ich ihn an eine andere Zeitung. Das wird großartig.«

»So ich bin geschafft, ich geh nach Hause. Euch beiden wünsche ich noch einen schönen Abend! Ich rufe dich morgen wegen dem Termin an.«

»Bis morgen.«

»Gehst du auch nach Hause oder kommst du mit zu mir?«

Ich versuche, verführerisch zu grinsen, bin mir aber nicht sicher, dass es auch so wirkt.

»Hast du Zahnschmerzen?«

»Nein!«

Verdammt, naja egal dann muss ich den verführerischen Blick eben noch ein bisschen vor dem Spiegel üben.

»Kommst du mit?«

»Erst gehen wir ins Moquito, ich habe Hunger.«
Drei Cocktails und eine Portion Spaghetti später,
stehen wir wild küssend in meinem Flur. Ich versuche
Sebastian aus seinen Klamotten zu bekommen, doch
ich bin zu nervös.
Sebastian bemerkt es und hilft mir, ohne mit dem
Küssen aufzuhören. Ich schiebe ihn ins Schlafzimmer
und wir lassen uns auf mein Bett fallen.
»Bitte versprich mir, dass du mich weder verlassen
noch verprügeln wirst, wenn wir miteinander
geschlafen haben.«
»Versprochen!«
Am nächsten Morgen werde ich wach, Sebastian liegt
leicht schnarchend hinter mir. Er hält mich immer noch
fest in seinen Armen. Ich kuschel mich näher an ihn
und versuche wieder einzuschlafen. Die Nacht war
wunderbar. Bei der Erinnerung bekomme ich gleich
wieder Lust. Doch ich lasse Sebastian schlafen.

Kapitel 21

Am frühen Nachmittag werde ich von frischem Kaffeeduft geweckt. Ich stehe auf und gehe in die Küche. Sebastian hat ein tolles Frühstück vorbereitet. Allerdings ist er nirgends zu sehen. Auf dem Küchentisch stehen, Wurst, Käse und Marmelade, fehlt eigentlich nur noch Brot. Mein Herz macht einen kleinen Hüpfer. Es fühlt sich alles so richtig an mit ihm.

»Sebastian?«

Ich nehme mir einen Kaffee und setze mich. Ist Sebastian gegangen, ohne sich zu verabschieden? Als ich ihn anrufen will, höre ich, wie die Wohnungstür auf geschlossen wird. Sebastian hat Brötchen geholt, er kommt zu mir, gibt mir einen Kuss und setzt sich mir gegenüber.

»Gut geschlafen?«

Ich nicke.

»Was ist denn?« Er zögert einen Moment, bevor er weiter spricht.

»Habe ich etwas falsch gemacht?«

»Nein, alles gut.«

Ich grinse ihn an. Er macht sich wirklich gut, in meiner Wohnung und an meinem Küchentisch.

Ich sehe Sebastian die ganze Zeit an und kann mein Glück kaum fassen. Womit habe ich ihn nur verdient?

Als Sebastian fertig ist, habe ich gerade mal meinen ersten Kaffee ausgetrunken.

»Was wollen wir heute machen? Ich habe mir freigenommen.«

»Wie wäre es, wenn wir den ganzen Tag im Bett verbringen?«

Sebastian schmunzelt.

»Eine wirklich gute Idee, aber ich habe gedacht, wir fahren irgendwo hin und genießen den herrlichen Tag. Es ist so schön warm draußen.«

»Ich weiß nicht. Ich möchte lieber zurück in mein Bett."

»Dafür«, er grinst schelmisch, »haben wir später noch genug Zeit. Zieh dich an, ich habe schon etwas vorbereitet.«

Etwas geknickt schlurfe ich ins Schlafzimmer und ziehe mich an, Sebastian steht in der Tür und beobachtet mich. Lasziv wackel ich mit dem Hintern.

»Sicher das wir nicht zurück ins Bett wollen?«

»So schwer es mir fällt, ja ich bin sicher.«

Zusammen gehen wir zu seinem Auto. Ohne mir zu verraten, wo es hingehen soll, fährt er los. Sicher lenkt er den Wagen aus der Stadt heraus, auf die Autobahn, Richtung Hannover.

»Wo willst du denn hin?«

»Lass dich überraschen! Es ist nicht weit, in dreißig Minuten sind wir da. Es ist auch nichts Besonderes. Ich wollte einfach nur mal raus und etwas Neues sehen.«

»In Hannover?«

»Sei doch nicht so neugierig, lehn dich zurück und genieße die Fahrt.«

Es fällt mir schwer, mich auf dieses Spiel einzulassen. Ich bin kein Freund von Überraschungen.

Dreißig Minuten später parkt Sebastian das Auto in einer Tiefgarage und führt mich in die Innenstadt von Hannover. Wir halten die ganze Zeit Händchen. Nur langsam kommt mir eine Idee, was er mit mir vorhaben könnte. Der Maschsee ist nicht weit entfernt, und da gerade alles so schön blüht, würde es sicher Spaß machen dort spazieren zu gehen.

Kurze Zeit später stehen wir wirklich an dem See. Sebastian sieht mich an und grinst.

»Schau dir diese Blütenpracht an, das war die Autofahrt doch wert oder?«

»Auf jeden Fall.«

Ich stelle mich auf Zehenspitzen und gebe ihm einen Kuss.

»Dann lass uns los.«

Wir kommen keine zehn Meter weit, da klingelt mein Handy. Marie ruft an. »Warte mal kurz, das ist Marie! Hallo?«

»Wir haben einen Termin bei meinem Vater. Meinst du wir, schaffen es, in drei Tagen alles fertigzubekommen?«

»In drei Tagen? Da müssen wir uns aber ranhalten! Dass das so schnell geht, hätte ich nicht gedacht.«

»Ich auch nicht aber ich wollte auch keine drei Monate warten.«

»Bis dahin wären wir geplatzt vor Aufregung. Ich habe jetzt nur gar keine Zeit, komm morgen um neun Uhr bei mir vorbei okay?«

»Gut bis Morgen!«

»Gute Neuigkeiten?« Sebastian sieht mich an und ich kann sehen wie seine Augen glänzen.

»Ja«, nicke ich.

»In drei Tagen haben wir einen Termin bei der Bank.« Den Rest kann ich ihm später immer noch erzählen. Doch Sebastian weiß genau das wir noch nicht ein Wort zu Papier gebracht haben.

»Ich kann euch helfen.«

Stolz sehe ich ihn an. Wo war er nur mein ganzes Leben? Wieso musste ich erst durch die Hölle gehen um jemanden wie ihn n zu finden?

Wir verbringen den ganzen Tag am Maschsee, gehen spazieren, essen etwas und baden unsere Füße im kalten Wasser.

Als es langsam dunkel wird, fahren wir zurück. Erschöpft aber glücklich fallen wir ins Bett.

*

Marie ist pünktlich um neun Uhr bei mir. Sie ist aufgeregt wie ein kleines Mädchen und drängt mich dazu sofort mit ihr zu kommen.

»Ich habe etwas entdeckt, das muss ich euch sofort zeigen! Los zieht euch an, macht schon. Ich habe gedacht, ich sehe nicht richtig.«

Was denn? Was meinst du denn?«

»Frag nicht, komm!«

Sie nimmt mich an die Hand und rennt mit mir durch Hamelns Innenstadt, vorbei am Moquito zu einem kleinen Laden schräg gegenüber der Münsterkirche. Im Fenster hängt ein »zu vermieten« Schild.

»Kennst du den Laden? Weißt du, was hier vorher drin war?«

Ich versuche, mich zu erinnern, doch es fällt mir nicht ein. Sebastian ist genauso ratlos wie ich.

»Mensch, das ist der Klavierladen. Ich war schon öfter hier. Es gibt sogar einen kleinen Hof, den könnten wir super zu einer kleinen Terrasse umfunktionieren. Platz für eine Schaukel und einen Sandkasten hätten wir so auch.«

»Wow das ist natürlich ideal! Los ruf an und frag, was der Besitzer an Miete haben möchte.«

»Ich, warum ich?«

Entsetzt schlägt Marie die Hände vor der Brust zusammen. Sie wird putterrot im Gesicht und ich kann sehen, das Panik in ihr aufsteigt.

»Du hast es entdeckt!«

Wir streiten noch eine Weile und bemerken nicht, wie Sebastian sich entfernt.

Kurz danach steht er wieder neben uns und beendet unseren Streit.

»Der Besitzer ist in zehn Minuten hier, dann könnt ihr euch den Laden ansehen. Die Miete ist auch nicht sehr hoch. 400 Euro kalt, ich denke, das ist in Ordnung.«

»Danke mein Schatz.«

Ich umarme meinen Freund und freue mich auf die Besichtigung.

»Wenn wir den Laden reservieren können, wir die Kalkulation auch genauer. Ich glaube, damit beeindrucken wir meinen Vater. Er hat mir noch nie etwas zugetraut.«

*

Knapp Zehn Minuten später steht ein kleiner, rundlicher, unscheinbarer, älterer Mann mit netten braunen Augen vor uns. Er stellt sich uns als Herr Nicolai vor.

Freundlich lächelnd reicht er uns die Hand. Es stellt sich heraus, dass er selbst den Klavierladen geführt hat, sich nun aber zu alt fühlt.

Der Laden ist wirklich perfekt! Es ist ein einzelner Raum riesig groß. Er bietet genug Platz für

Kinderwagen, eine gemütliche Sitzecke, eine Spielecke für die Kleinen und einen großen Tresen.

»Wenn wir den Fußboden erneuern und die Wände streichen, wird das ein kleiner gemütlicher Mutter, Kind Entspannungsort. Ich sehe alles schon vor mir. Ich kann den Kaffee riechen und die Kinder spielen hören. Es ist Perfekt.«

Meine Fantasie schlägt Wellen, ich kann mich gar nicht sattsehen an den Farben an der Wand, der Theke und den vielen gemütlichen Sitzgelegenheiten. In meinem Kopf ist der Raum bereits fertig.

»Kinder? Was haben sie denn vor?«

»Wir wollen ein Mutter - Kind - Café eröffnen.«

Marie baut sich vor dem Vermieter auf, sie sieht aus, als wenn sie sich bereit macht für uns und unsere Idee zu kämpfen.

Etwas skeptisch zieht Herr Nicolai die Augenbrauen zusammen.

»Und das soll rentabel sein?«

»Auf jeden Fall«, mischt sich Sebastian in das Gespräch ein.

»99 % der befragten Mütter würden hier herkommen.«

Der Vermieter scheint nicht restlos überzeugt, dennoch zeigt er uns den Innenhof.

»Herr Nicolai, würden sie uns den Laden eine Woche lang reservieren? Wir haben übermorgen einen Termin bei der Bank.«

Marie benimmt sich wie die perfekte Geschäftsfrau, dabei wollte sie vor einer halben Stunde nicht mal am Telefon mit dem Vermieter sprechen.

»Natürlich! Bis jetzt sind sie auch die einzigen Interessenten.«

Ich muss mich zusammenreißen, damit ich keinen Freudentanz aufführe.

»Vielen Dank!«

Ich schüttel ihm die Hand, das läuft ja wie am Schnürchen.

Nachdem wir und verabschiedet haben, nimmt Marie mich am Arm und sieht mich um die nächste Ecke. Sofort fangen wir an zu kreischen und hüpfen vor Freude auf und ab. Sebastian beobachtet uns lachend.

»Immer mit der Ruhe Mädels, noch habt ihr nichts gewonnen. Lasst uns mit der Arbeit anfangen.«

Wieder Zuhause machen wir uns hoch motiviert an die Arbeit.

Das Konzept und die Kalkulation auszuarbeiten, dauert ganze zwei Tage. Ohne Sebastians Hilfe wären wir ganz schön aufgeschmissen. Er erinnert uns an Dinge, die wichtig sind, und streicht die Sachen, die unwichtig sind.

»Kannst du nicht mitkommen zum Termin in die Bank?«

Es ist nicht das erste Mal, das ich ihn das frage. Immer und immer wieder bekomme ich dieselbe Antwort.

»Nein das ist euer Ding. Ich helfe, wo ich kann, doch es gibt Grenzen. Der Termin bei der Bank ist eine davon. Ich wünsche euch viel Glück.«

Alles bitten und betteln hat keinen Sinn. Sebastian bleibt dabei, und so stehen Marie und ich, drei Tage nach der Besichtigung, pünktlich um 15 Uhr vor der Bank.

Jede von uns hat ein Konzept in der Hand. Ich bin so aufgeregt wie an meinem ersten Schultag.

»Was ist, wenn er uns den Kredit nicht bewilligt?«

Meine Stimme zittert, ich bin mir nicht sicher, ob ich einen Ton herausbringen werde.

»Dann rede ich nie wieder ein Wort mit ihm. Unser Konzept ist spitze die Kalkulation nicht zu niedrig angesetzt, wir sind kreditwürdig und haben Eigenkapital. Ich weiß keinen Grund, warum es nicht klappen sollte. Hör auf, so pessimistisch zu sein.«

»Ich auch nicht«

»Mach dich nicht verrückt! Komm, es wird Zeit, lass und rein gehen.«

Wir betreten die Bank und gehen zur Information, um uns anzumelden. Maries Vater, ein grauhaariger, böse drein guckender, alter Mann kommt, um uns abzuholen.

Marie bekommt einen Kuss auf die Wange, ich werde nicht beachtet.

»Dann kommt doch mal mit, was hast du da in der Hand?«

»Das besprechen wir in deinem Büro.«

Marie wirkt sehr distanziert, ich kann sie gut verstehen. Wenn mein Vater einfach so abgehauen wäre und ich mich bei ihm einschleimen müsste, um einen Kredit zu bekommen, würde ich mich nicht anders verhalten.

Das Büro ist nicht sehr gemütlich, hinter dem Schreibtisch steht, über die gesamte Wand, ein riesiger dunkler Schrank mit Akten. Der Schreibtisch ist gerade so groß, dass ein Computer darauf Platz hat. Die Stühle, auf die wir uns setzen sollen, haben ein ekliges rot, braun, blau, kariertes Muster.

»So dann erzähl mir mal, worum es geht, Marie.«

Mir reicht es, ich antworte, Marie lasse ich nicht zu Wort kommen.

»Also eigentlich geht es darum, Herr …«, ich sehe auf sein Namensschild auf dem Schreibtisch.

»Es geht darum Herr Müller, dass Marie und ich ein Mutter, Kind Café eröffnen wollen, am Münsterkirchhof. Wir haben ein bisschen Eigenkapital, benötigen aber für die Umbauarbeiten einen kleinen Kredit.«

»Ich darf euch keinen Kredit geben. Da muss ich meinen Vorgesetzten fragen, wie hoch soll er denn sein?«

»Wir dachten an 30000 Euro, Papa. Wir haben hier auch ein Konzept und eine Kalkulation für dich.«

Herr Müller greift über den Tisch und nimmt den Hefter. Schweigend blättert er darin herum. Danach wendet er sich schweigend seinem Computer zu und druckt zwei Formulare aus die wir unterschreiben müssen. Es sind Einverständniserklärungen für die Schufa. Wie gut das ich keine Schulden habe. Wir unterschreiben und Maries Vater schaut wieder auf den Bildschirm und nickt zufrieden. Er druckt wieder etwas aus.

»Entschuldigt mich. Ich bin gleich wieder da.«

Gespannt warten wir darauf, dass er wieder zu uns kommt. Ich trau mich kaum zu atmen. Marie stupst mich von der Seite an und zeigt in Richtung der Glastür. Maries Vater kommt grinsend zu uns zurück.

»Herzlichen Glückwunsch, der Kredit wurde soeben bewilligt. Ich weise das Geld sofort an, innerhalb von drei Stunden ist es bei dir auf dem Konto. Marie?«

Erwartungsvoll sieht Marie zu ihrem Vater.

»Ich wünsche euch viel Glück mit eurem Café. Ich hoffe es ist fertig wenn …«

Er stockt und seine Wangen färben sich rosa.

»Wenn Elisabeth entbunden hat!«
Vollendet er den Satz.
Mit einem Mal ist alles totenstill. Man könnte eine
Stecknadel fallen hören. Marie sitzt verkrampft in
ihrem Stuhl, ich habe aufgehört zu atmen und warte das
Marie etwas sagt.
»Was? Wie … Nein.«
»Doch, du bekommst noch eine Schwester! Das hast du
dir doch immer gewünscht.«
Maries Schultern entspannen sich leicht, als sie weiter
spricht, ist ihre Stimme eiskalt.
»Da war ich sechs Jahre alt! Komm Joy wir gehen.«
Marie nimmt mich am Arm und führt mich mit großen
Schritten aus der Bank hinaus. Ich würde ihr gerne
etwas sagen, das ihr über den Schock hinweg hilft,
doch mir fällt nichts ein.
»Ich brauche einen Drink!«
»Ich kann dir nur einen Wodka anbieten.«
»Gerne.«
»Marie«, ich zwinge sie stehen zu bleiben.
»Was ist denn?«
Ihre Augen funkeln mich böse an.
»Wir haben den Kredit. Wir können den Laden mieten,
wir können anfangen Pläne zu machen, Mobiliar
kaufen, Werbung vorbereiten.«
Statt einer Antwort schnauft sie durch die Nase und
rennt durch die Innenstadt. Ich habe Schwierigkeiten
ihr zu folgen. Außer Atem stehen wir kurze Zeit später
vor meiner Haustür.
Mit Marie ist gerade nicht zu reden. Sie stürmt zu
meinem Kühlschrank, nimmt sich den Wodka und
trinkt einen kräftigen Schluck aus der Flasche.
»Besser?«

»Nein! Wie kann er es wagen, noch ein Kind in die Welt zu setzten? Und dann mit einer Frau die nur 4 Jahre älter ist als ich?«

»Kannst du das nur ganz kurz vergessen und dich mit mir freuen? Wir haben den Kredit bekommen! Wir verwirklichen unseren Traum und haben noch viel zu tun. Wir haben nicht mal einen Namen.«

»Ich dachte, der Name steht fest.«

Marie, die Flasche immer noch in der Hand haltend, sieht mich verwirrt an.

Ich versuche mich zu erinnern.

»Nein darüber haben wir noch nicht gesprochen.«

»Gesprochen nicht aber er leitet sich doch ab! Komm schon, MuKi.«

Ich denke einen Moment darüber nach.

»Passt, wackelt und hat Luft. Perfekt, den nehmen wir.«

Maries Laune hat sich etwas gebessert. Wir setzen uns an meinen Laptop und durchstöbern das Internet nach passenden Möbeln, Spielzeug und Tapeten.

»Ich rufe Sandra an und erzähle ihr alles. Guck du nur weiter.«

Sandra freut sich riesig, auch das wir sie gerne als Kinderfrau mit dabei hätten.

»Wie hoch soll deine Abfindung eigentlich werden?« Frage ich Sandra am Telefon.

»25000 Euro. Ich würde die Hälfte gerne investieren. Simon ist einverstanden, solange genug Geld für das Kinderzimmer und einen Erholungsurlaub über bleibt.«

»Wow. Herzlich willkommen beim Projekt MuKi.«

»MuKi?«

»So wird unser Café heißen abgeleitet von Mutter-Kind.«

»Eine tolle Idee! Habt ihr denn schon einen Laden in Aussicht?«

»Ja haben wir, er ist sogar schon reserviert, wenn du aufgelegt hast, rufe ich den Vermieter an und sage ihm fest zu.«

Als auch der Anruf erledigt ist, gehe ich wieder zu Marie. Sie hat einen Shop gefunden, wo es Möbel und Spielsachen günstig zu kaufen gibt. Als ich auf den Warenkorb schaue, fallen mir vor Erstaunen fast die Augen raus. Sie hat Waren im Wert von 9000 Euro ausgesucht.

»Bist du verrückt? Du kannst das doch noch nicht alles bestellen.«

»Habe ich doch gar nicht! Ich wollte sie dir doch nur zeigen. Es wird bunt und fröhlich bei uns und sehr gemütlich. Stühle gibt es nicht nur bequeme Sessel und Tische, auf denen man die Getränke abstellen kann. Beim Spielzeug bin ich mir nicht so sicher. Mehr Holz oder doch Lego?"

»Ich bin für Holz. Das kann man gut desinfizieren und die Kinder können kreativ sein. Für die Größeren können wir Puzzle und Gesellschaftsspiele einkaufen. Hast du an Terrassenmöbel gedacht und an den Sandkasten und die Schaukel?«

Marie nickt, sie macht mir Platz und ich scrolle mich durch den Warenkorb. Sofort verstehe ich, was sie mit Bunt meint. Sie hat ungefähr dreißig Sessel ausgesucht in allen Farben des Regenbogens.

»Dann müssen wir die Wand und Fußbodenfarben aber eher schlicht halten. Sonst wirkt es zu erdrückend!«

»Ich dachte wir lassen die Wand weiß und hängen Bilder unserer Gäste mit ihren Kindern auf. Natürlich nur, wenn sie das wollen. Von meiner Cousine weiß ich das ihre Tochter gerne malt, damit kann man so eine Wand auch gut schmücken.«

Das Aussuchen des Inventars macht mir großen Spaß. Wir scheinen einen guten Lauf zu haben. Alles klappt Prima. Selbst Herr Nicolai war begeistert, dass wir so schnell zugesagt haben.

»Da gebe ich dir Recht. Das wäre doch eine tolle Eröffnungsaktion.«

Maries Augen glänzen.

»So dann komm mal mit! Wir haben in zehn Minuten noch einen Termin.«

»Was denn für einen Termin?«

Verwirrt starrt Sie mich an. Warum ist sie nur so begriffsstutzig?

»Schlüsselübergabe!«

Marie springt jubelnd auf und fällt mir um den Hals. Zum ersten Mal, seit wir aus der Bank gekommen sind, habe ich das Gefühl, sie freut sich.

Das Schild im Schaufenster ist verschwunden, Herr Nicolai wartet vor der Tür auf uns. Wir machen die Übergabe und unterschreiben den Mietvertrag.

Nach dem wir allein in UNSEREM MuKi stehen, fangen wir an die noch imaginären Sessel aufzustellen. Wir einigen uns auf eine Fußbodenfarbe und planen die Spielecke. Wenn es nach mir geht, können wir morgen schon eröffnen.

Irgendwann steht Sebastian in der Tür und unterbricht uns.

»Ich habe euch jemanden mitgebracht!«

Aus seinem Schatten tritt ein großer dunkelhaariger Mann um die dreißig. Er ist schlank und kräftig gebaut. Marie bleibt vor Erstaunen der Mund offen stehen.

»Das ist Markus, ein Kumpel aus der Schulzeit. Er ist Schreiner, ich denke, er kann euch einen Kostenvoranschlag für eure Theke machen.«
Ich weiß nicht, was ich sagen soll.
»Hi, wenn ihr mir zeigt, wo und wie sie stehen soll, kann ich euch bestimmt helfen.«
Marie winkt ihm zu und zeigt ihm alles. Aus der Hosentasche zieht Markus Zettel und Stift und fängt an zu zeichnen. Ich nutze den Moment, um meinen Freund zu begrüßen, gebe ihm einen Kuss und schmiege mich an ihn.
»Woher wusstest du das wir hier sind?«
»Du warst nicht zuhause und da habe ich mir gedacht, dass ihr den Kredit bestimmt bekommen habt und nun hier seid.«
»Wie schlau du doch bist.«
Ab und an muss ich ihn einfach necken.
»Journalistisches Gespür wohl eher.«
Sebastian greift in eine Tasche, die mir bis jetzt noch gar nicht aufgefallen war, und holt eine teuer aussehende Kamera heraus.
»Was willst du denn damit?«
»Ich mache ein paar Fotos und schreibe einen Artikel, so wie ich es versprochen habe.«
»Aber nicht von mir, guck doch, wie ich aussehe.«
»Du siehst toll aus.«
»Marie? Marie, Sebastian will Fotos von uns machen.«
»Aber nicht so, guck doch, wie ich aussehe.«
Sebastian verdreht die Augen,
»Ihr seht toll aus! Das Foto ist schwarz-weiß, da wird nichts drauf zu erkennen sein, also darf ich euch vor die Tür bitten?«

Widerwillig gehen wir hinaus und stellen uns vor das große Schaufenster.
Stolz grinsen wir in die Kamera. Ich kann es immer noch nicht wirklich glauben. Wir eröffnen ein Café!

Kapitel 22

Die Zeit bis zur Eröffnung verfliegt viel zu schnell.
Dennoch haben wir unheimlich viel Spaß. Egal ob wir
den Fußboden verlegen, Möbel arrangieren oder die
Spielecke gestalten. All der Stress soll sich ja lohnen.
Manchmal stehe ich inmitten dieses Chaos und hoffe
das es sich wirklich lohnt, das es angenommen wird.
Sechs Monate später ist dann alles genauso, wie wir es
uns erträumt haben. Das MuKi ist fertig und in fünf
Tagen feiern wir Eröffnung. Marie und ich haben nur
noch ein paar Kleinigkeiten zu erledigen. Bei all der
vielen Arbeit haben wir ganz vergessen, das wir auch
Geschirr für groß und klein, sowie Besteck benötigen.
Große Tassen, für die Erwachsenen mit unserem
eigenen Logo und Plastik Becher, sind gestern geliefert
worden. Aus dem Dateluck habe ich mich mittlerweile
ganz gelöscht, wir haben eine eigene Homepage erstellt
und die Anfragen und Zusprüche werden von Tag zu
Tag mehr. Sebastian schreibt wöchentlich einen
Bericht über unsere Fortschritte. Ich habe einen Blog
mit unserer Homepage verlinkt. Dort berichte ich
täglich über die Neuigkeiten. Nach der Eröffnung
wollen wir dort eine Art Tagebuch veröffentlichen. Wir
hoffen so, auf mehr Kundschaft.
Seit gestern haben wir ein VIP-Kind, es heißt Lilli und
wurde um 16.45 Uhr geboren. Sie ist 51 cm groß und
knapp 3000 g schwer.
Ich habe die ganze Zeit im Krankenhaus gewartet,
Sandra war sehr tapfer, ich habe sie kaum schreien
hören. Simon ist so Stolz, wie es nur ein
frischgebackener Vater sein kann, und zeigt jedem das
erste Bild seiner wunderhübschen Tochter.

Marie ist mit Klaus zusammengekommen. Eigentlich hat sie das ja mir zu verdanken, ich kann die vielen Abende im Moquito gar nicht mehr zählen. Wie oft wir dort gesessen und gegessen haben, weil wir nach der vielen Arbeit einfach keine Lust mehr hatten zu kochen, kann ich gar nicht mehr sagen. Ich weiß nur, dass es ein ordentliches Loch in mein Budget gerissen hat. Von ihm haben wir ein paar tolle Tipps bekommen, was das Servieren angeht. Übermorgen will er nochmal mit uns üben, Tabletts zu tragen, ohne zu kleckern. Beim letzten Mal sind zu viele Tassen und Teller zu Bruch gegangen.

Die Theke ist wunderschön geworden. Markus hat helles Buchenholz verwendet und selbst dort findet sich unser Logo wieder. Mit den Kosten von 6000 Euro ist sie nicht gerade billig aber es hat sich gelohnt.

Ich stehe allein im Laden und sehe mich um, kann es nicht morgen schon soweit sein? Ich habe sogar schon Papier und Stifte bereitgelegt für die »Ich male ein Bild« Eröffnungsaktion.

»Hallo?«

Simon steht unsicher in der Tür, in der Hand hat er ein kleines Geschenk.

»Ich habe dir etwas mitgebracht. Wir hoffen es gefällt dir! Natürlich darfst du es auch aufhängen.«

Es ist ein Bild von Lilli und ihrer Mutter kurz nach der Geburt. Mir kommen die Tränen, es ist ein schönes Bild. Ich hänge es in die Mitte der langen weißen Wand, nehme Simon in den Arm und drücke ihn.

»Es ist wunderschön, vielen Dank.«

»Ich muss dann jetzt auch zu meiner Frau und meiner Tochter, es ist toll geworden. Ein sehr schöner

Arbeitsplatz! Noch besser gefällt mir, dass Sandra, unsere Tochter mit herbringen kann.«

»Mir auch!«

Simon winkt zum Abschied, ich setze mich in einen hellblauen Sessel und denke an das letzte halbe Jahr zurück.

Es gab erstaunlich wenig Komplikationen. Alles verlief reibungslos. Marie und ich haben einen Arbeitsplan ausgearbeitet, mit dem wir die erste Zeit gut klarkommen sollten.

Wenn es gut läuft, können wir in bereits drei Monaten eine Aushilfe einstellen. Doch das steht noch in den Sternen.

»Langsam könnte der Lieferant auftauchen! Ich habe auch noch ein Privatleben.«

Als hätte er mich gehört, klopft es erneut. Unser Besteck und die Teller sind endlich da. Ich wasche alles ab und sortiere es in die Regale. Ich bin gerade fertig, da kommen Marie und Klaus.

»Wahnsinn, wie toll es hier aussieht. Ich bin stolz auf uns.«

»Wollen wir noch mal servieren üben?«

»Nein, Ich geh jetzt zu meinem Freund. Ich habe ihn drei Tage nicht mehr gesehen.«

Ich strecke den beiden die Zunge raus und lasse sie stehen.

*

»Nur noch zwanzig Minuten, dann müssen wir die Türen öffnen. Ich bin so nervös, ich hoffe es kommt auch jemand.«

»Immer mit der Ruhe Marie, es wird schon alles gut gehen. Ich koche noch schnell eine Kanne Tee und eine Kanne Kaffee. Ich hoffe wir haben genug Kuchen.«
Simon, der Lilli im Tragetuch trägt, Sebastian und Klaus stehen grinsend an der Theke.
»Ihr lauft, wie aufgescheuchte Hühner hier rum, setzt, und entspannt euch. Es wird heute noch stressig genug.«
»Ich kann nicht.«
Antworten wir wie aus einem Mund. Lachend fallen wir uns in die Arme.
»Schaut mal raus!«
Wir drehen uns um, vor der Tür stehen fünf Mütter mit ihren Kindern und warten, das ist schon mal ein guter Anfang.
Wir gehen noch einmal umher und gucken, ob alles so steht, wie wir das geplant haben, ob das Spielzeug sauber und ausgepackt ist und ob genug Tassen vorhanden sind.
Pünktlich um zehn Uhr drehe ich den Schlüssel herum und begrüße jeden Einzelnen, biete Kaffee an und zeige stolz unsere Spielecke. Marie und Sandra leiten unsere Mal Aktion. Schon bald habe ich das Gefühl, das der Laden aus allen Nähten platzt. Die etwas älteren Kinder malen, während die Mütter ihren Kaffee genießen. Sebastian, Simon und Klaus helfen mit alle zu bedienen.
Als um 18 Uhr der letzte Gast gegangen ist, fallen wir alle erschöpft auf die Sessel. Die Eröffnung war ein voller Erfolg. Unsere Wand sieht nun nicht mehr weiß aus. Viele tolle Bilder hängen jetzt dort.
Nach dem Aufräumen zählen wir unsere Einnahmen, 4000 Euro liegen in der Kasse.

*

Ein Jahr später läuft das MuKi noch genauso gut wie am ersten Tag. Wir haben viele neue Stammgäste gewonnen. Mittlerweile bieten wir sogar eine Krabbelgruppe an, außerdem eine Betreuung, auch wenn die Eltern nicht bei uns bleiben, sondern shoppen gehen wollen. Unser Team haben wir verstärkt. Nicole und Sandra wechseln sich mit der Kinderbetreuung ab und Melanie hilft uns im Service. Den Kredit haben wir fast komplett wieder zurückgezahlt.

Sebastian und ich wollen bald zusammenziehen. Vor zwei Wochen, vor aller Augen, hat er mir einen Heiratsantrag gemacht. Da eine der Gäste ebenfalls bei seiner Zeitung arbeitet, haben es nicht nur unsere Gäste und meine Freunde mitbekommen, sondern ganz Hameln weiß jetzt bescheid. Der silberne Ring an meiner linken Hand fühlt sich noch wie ein Fremdkörper an. Doch ich bin glücklich. Lilli ist der größte Schatz. All ihre ersten Male feierte sie bei uns, auf die Seite drehen, krabbeln, der erste Zahn und auch ihre ersten Gehversuche.

Marie und Klaus sind etwas schneller als wir. Die beiden wohnen zusammen in Maries Wohnung, sie ist in der neunten Woche schwanger!

»Es war nicht geplant«, versichert sie jedem, der von der freudigen Nachricht hört.

Alles ist gut so, wie es ist. Mein Leben ist mein Leben, ich möchte nie wieder zurück. Nie wieder einen Mann im Internet suchen. Natürlich hätte es auch klappen können. Ich bin das alles wahrscheinlich falsch angegangen. Nicole ist mit jemandem zusammen, der mir und Marie nur zu gut in Erinnerung ist. Samuel!

Wir haben uns ausgesprochen und die Fronten geklärt, er hat sich sogar entschuldigt.

Sebastian und ich heiraten nächstes Jahr im Juli, wir wollen uns ein bisschen Zeit lassen. Ich liebe diesen Mann wirklich und aufrichtig, so wie er mich auch.

ENDE

Danksagung:

Ich möchte mich bei allen bedanken, die mir geholfen
haben, diesen Roman herauszubringen.
Meinen Testlesern, aber ganz besonders Monika
Petermann.
Dann Britt, sie hat das Cover "gebastelt".
Nicht zu vergessen meinem TM <3

Bereits erschienen:

Wenn die LIEBE anklopft

Liebe mit Knalleffekt (Wenn die LIEBE anklopft 2)